100년 후 학교

100년 後 학교

소향 · 윤자영 · 이지현 · 정명섭 지음

생각학교

차례

Schoolverse
— 소향 —
7

드레이븐 이종 고등학교의 괴짜들
— 정명섭 —
63

특별전형
— 이지현 —
121

우린 공존할 수 있을까?
— 윤자영 —
181

Schoolverse

— 소향 —

"날이 좋구나. 지오야, 문을 좀 열어주겠니?"

선생님의 말씀이 떨어지자마자 지오는 희고 깨끗한 창호지가 발린 문을 활짝 열어젖혔다. 전라남도 강진의 반짝이는 햇살과 포근하고 향기로운 봄기운이 기다렸다는 듯 방 안으로 밀려들어 왔다. 그와 동시에 지저귀는 새소리가 가까워졌다가 아득히 멀어졌다. 슬며시 졸음이 올 만한 조건은 모두 갖춰진 셈이었지만 오히려 그 반대였다. 싱그러운 풍경과 보글보글 끓는 찻물 소리에 잠기운이 달아났다. 다만 정좌가 불편해, 지오는 두툼한 방석 위에서 엉덩이를 들썩거리며 자세를 고쳐 앉았다.

이제 찻잔이 적당히 데워졌을 것이다. 선생님이 찻잔의 물을 퇴수기에 버렸다. 그리고 다관을 들어 차를 따르기 시작했다.

찻잔을 옮겨가며 조금씩 차를 나눠 따르면서 그 양이 잔의 칠 부를 넘지 않도록 하는 자세가 정성스러웠다. 조르륵 차를 따르는 소리에 기분이 차분하게 가라앉고 그윽하게 퍼지는 차향에 온몸의 긴장이 스르르 풀렸다.

"나는 이곳 강진으로 유배 온 후에 혜장 스님에게 '걸명소'라는 이름의 편지를 보냈다. 말 그대로 차를 구걸하는 편지를 보낸 것이지. 차 없이는 견딜 수 없을 만큼 몸이 좋지 않았기 때문이다. 귀양살이로 굶기를 밥 먹듯 해 몸이 상한 것도 있지만, 정치적 탄압 때문에 화를 쉽게 다스릴 수 없었던 탓도 컸다. 몸을 다스리기 위해서 무엇보다도 차가 절실했지."

오늘의 철학 수업 선생님은 다산 정약용이었다. 정약용 선생님이 복숭아뼈에 구멍이 세 번이나 날 정도로 오래도록 앉아서 책을 읽고 글을 썼던 다산초당에서 자신의 삶과 사상에 대해 말하고 있었다. 정약용은 무려 십팔 년의 유배 생활을 하는 동안에 직접 차나무를 가꾸고 제다한 차를 맛보며 학문에 더욱 몰두했다고 한다. 지오는 자신이 살아온 세월보다 긴 시간 동안 유배 생활을 했던 정약용의 삶이 가늠조차 되지 않았다. 또한, 수백 년 전에 살았던 정약용의 수업을 이토록 생생하게 들을 수 있다는 것이 여전히 놀라웠다. 이 모든 게 '스쿨버스'에 입학했기에 가능한 일이었다.

'스쿨버스(Schoolverse)'는 스쿨(School)과 유니버스(Universe)의 합성어로 지오가 다니는 메타버스 고등학교의 이름이다.

지오는 입학 전 아빠와 함께 스쿨버스에 접속했던 때를 떠올렸다. 예비 고등학생들이 스쿨버스 시스템을 체험해 볼 수 있는 입학설명회 날이었다.

지오는 안락의자에 몸을 파묻고 가상현실 글러브를 손에 끼웠다. 가상현실 고글을 쓴 다음 고글 옆면에 있는 버튼을 누르자 접속이 시작되었다. 진한 파랑의 로그인 화면이 서서히 열어지더니 지오는 어느새 스쿨버스 강당에 서있었다. 스쿨버스 가상현실은 현실과 거의 구분하기 어려울 정도로 사실적이었다. 인공 감각 인터페이스 시스템을 통해 아바타가 체험하는 오감을 똑같이 느낄 수 있어 더욱 그랬다. 아바타가 만지면 내 손으로 만지는 것 같았고, 아바타가 달리면 내가 달리는 것 같았다. 향기로운 꽃향기나 달콤한 아이스크림의 맛까지도.

접속 후 다양한 맵을 체험하면서 지오는 학교 이름이 왜 스쿨버스(Schoolverse)인지 실감할 수 있었다. 우주유영, 화성 여행, 심해 탐험 그리고 역사 속 현장과 미래 세계까지. 스쿨버스 안에서는 공간의 제약이 없었다.

체험 시간이 끝나고 강당에서 교장 선생님이 연설했다. 연설이 끝날 즈음 교장 선생님, 정확하게는 교장 선생님의 아바타가 잠시 말을 멈추더니 물을 한 모금 마셨다. 그리고 예비 고등학생들을 한번 둘러보더니 다시 말을 이었다.

"여러분, 나노 로봇으로 지식을 곧바로 전달받을 수 있는 요즘 시대에 학교는 더 이상 지식 전달을 위해 존재하는 곳이 아닙니다. 지식을 배우는 것은 학교 밖에서도 얼마든지 할 수 있으니까요. 그래서 학교가 곧 없어질 거라고들 했지만, 모두의 예상을 깨고 학교는 존속하고 있습니다. 왜 그럴까요? 스쿨버스는 지식뿐 아니라 학생 개인에 최적화된 인성 프로그램을 제공합니다. 기술의 발달만큼 윤리와 도덕, 그리고 인간성이 함께 발달하지 않는다면 여러분은 길고 긴 삶 속에서 가치와 방향을 잃어버리게 될 테니까요. 사람 사이의 관계와 삶에 대한 성찰의 기회를 제공하는 데 현재 스쿨버스보다 효율적인 시스템은 존재하지 않습니다. 여러분! 스쿨버스는 다릅니다. 스쿨버스로 오세요."

입학설명회가 끝났다. 접속을 끊고 고글을 벗는 지오에게 아빠가 흥분을 감추지 못하며 물었다.

"어때? 아빠가 얘기한 대로 정말 끝내주지? 너를 위해 심사숙고해서 고른 곳이야. 마음에 들어?"

여전히 전통적인 학교를 고집하는 학부모들도 꽤 많았지만, 아빠는 뭐든 새로운 걸 좋아하는 사람이었다. 새로운 교육 시스템인 스쿨버스가 일 차, 이 차 교육과정을 거치며 보완을 거듭한 뒤, 이번 삼 차 교육과정에서는 개인별 맞춤 프로그램을 제공한다는 뉴스 보도도 아빠에게 큰 기대감을 불러일으켰을 것이다. 그러나 그런 아빠와 다르게 지오는 덤덤하기만 했다.

"글쎄? 잘 모르겠어. 전부 가상현실에서만 수업한다는 게 좀……. 지금처럼 오프라인 학교에 다니면서 필요한 수업만 가상현실로 하는 게 더 나을 것 같기도 하고."

심드렁한 지오의 반응에 아빠는 조금 실망한 듯했다.

"아빠는 여기 입학했으면 좋겠는데."

"생각 좀 해보고."

"마감일 얼마 안 남았어. 얼른 결정해야지."

"생각해 본다니까?"

아빠가 잠깐 머뭇거리더니 입을 뗐다.

"사실은 벌써 등록했어."

아빠의 말에 지오가 고개를 홱 돌리며 목소리를 높였다.

"뭐? 나한테 묻지도 않고?"

"네가 이렇게 망설일 게 뻔한데 어떻게 기다려."

"그럼 입학설명회는 뭐 하러 들은 거야?"

지오가 툴툴거리자 아빠가 달래는 목소리로 말했다.

"잘 생각해 봐. 수십 년 동안 팬데믹도 여러 번에 크고 작은 전쟁도 있었잖아. 대부분의 일자리도 인공지능이 차지했고. 이제는 평화기로 접어든 지 꽤 되었지만, 인류 역사상 이십이 세기처럼 출산율이 낮은 적은 없었어. 그런데도 스쿨버스 구축에 교육부가 예산을 얼마나 쓴 줄 알아? 청소년 한 명 한 명이 얼마나 귀하면 그랬겠어."

지오는 생각에 잠겼다. 출산율이 낮은 이유는 다른 것이 아니었다. 사람들은 급격하게 변화하는 세상에 커다란 피로감을 느꼈다. 한 치 앞도 예측할 수 없는 세상, 내일이면 또 다른 변화가 생겨날 오늘. 탄생부터 죽음까지 예측할 수 없는 일생을 산다는 불확실성이 현재의 삶에 만족하는 사람들조차 출산을 꺼리게 했다.

생활 방식의 변화도 두드러졌다. 뜻이 맞는 사람끼리 시골이나 섬에 들어가 소규모 공동체를 이루며 사는 경우가 많아졌다. 성공을 위해 감수해야 하는 치열한 노력과 그에 수반되는 여러 갈등을 피하려는 사람들이 늘어난 것이다. 어차피 국가에서 배당되는 기본소득에 약간의 노동만 더하면 본인의 삶을 안락하게 건사하는 데 문제는 없었다. 그 결과, 수십 년 전만 해도 당연하게 여겨졌던 보통 사람들의 일상적 풍경은 사라져 갔다. 대도시에 몰려 살고 러시아워에 출퇴근하기 위해 만원 버스나 지하철을 타는 모습은 이제 보기 힘들어진 것이다.

계속 묵묵부답인 지오에게 아빠가 다시 말했다.

"아빠 친구 딸이 지금 스쿨버스 삼 학년인데 너무 만족한대. 백 퍼센트 가상현실 기반 수업인데도 이질감이 느껴지지 않고, 다양한 체험학습이며 수업의 질이 정말 대단하다더라. 그도 그렇지만 네가 이 학교에 꼭 갔으면 하는 이유가 있어서 그래. 너한테 아주 딱이라니까? 다른 학교랑은 달라. 여럿이 수업

하지만, 개인 특성에 따라 프로그램을 짜서 일대일 맞춤 학교나 마찬가지야."

아빠의 계속된 설득에 마음이 기울면서도 지오는 그 후로도 한동안 스쿨버스 입학을 망설였다. 왜 그런지는 지오 자신도 콕 집어 말하기 어려웠다. 반면 선택의 여지도 없이 스쿨버스에 입학해야만 하는 학생들도 있었다. 지역적 특성 때문이었다. 지금 지오가 듣는 철학A 시간만 해도 달 기지를 비롯한 다양한 지역에 사는 다섯 명의 학생이 수업을 받고 있다.

갑자기 커진 정약용 선생님의 목소리에 지오는 다시 수업에 집중했다. 잠시 딴생각한 걸 들킨 것 같아 왠지 어깨가 움츠러드는 기분이었다.

"나는 인간이 선(善)을 좋아하고 악(惡)을 부끄러워하는 기호를 타고난다고 생각했다. 그 타고난 기호를 거스르느냐 따르느냐 하는 선택에 따라 선행의 공(功) 혹은 악행의 과(過)가 이루어진다고 보았다. 인간은 주체적이고 자율적인 선택과 자주의 권리를 가진 존재인 것이지."

선생님이 두 손으로 찻잔을 감싸 쥐고 소리 없이 차를 마셨다.

"아! 선생님과 비슷한 주장을 한 철학자가 생각났어요."

당찬 목소리의 주인공은 오하늬였다. 하늬는 자기 생각을 표현하는 데 거침이 없었다. 지오는 언제나 당당하고 자신감 넘치는 하늬가 부러웠다. 그리고 언제부턴가 자꾸만 하늬를 바라보는 자신을 발견하고 스스로 놀라곤 했다. 어디 사는지, 꿈이 뭔지, 학교가 끝나면 무얼 하면서 시간을 보내는지 궁금했지만, 아직 그런 걸 물어볼 만큼 친하지는 않았다.

"그게 누구인가?"

"장 폴 사르트르. 그러고 보니 차를 좋아하는 것도 비슷하네요."

하늬가 웃었다. 시간을 멈추게 하는 듯한 웃음이었다.

"하늬 학생 대단하군. 그렇지 않아도 다 함께 사르트르를 만나러 가려던 참인데. 그럼 가볼까."

선생님의 말씀에 다섯 명의 아이들이 자세를 곧추세웠다. 선생님이 버튼을 누르자 어디선가 안내 멘트가 흘러나왔다.

"스쿨버스가 이동합니다. 목적지는 이십 세기 프랑스 파리입니다."

멘트가 끝나자마자 모두 순식간에 강진의 다산초당에서 프랑스 파리의 카페 '레 되 마고(Les Deux Magots)'로 이동해 왔다. 그곳에는 키가 작고 안경을 쓴 한 남자가 앉아있었다. 그의 양 눈은 저마다 다른 방향을 보고 있어서 어디에 초점을 맞춰야 할지 몰랐다.

"반갑습니다. 나는 장 폴 사르트르요. 여긴 내 단골 찻집이고 이 자리는 내가 가장 좋아했던 자리입니다. 학생들은 이런 말을 들어본 적이 있나요? 실존은 본질에 앞선다."

지오의 머릿속에 물음표가 잔뜩 떠다녔다. 긴 문장도 아닌데 도무지 무슨 말인지 이해가 되지 않았다.

사실 철학 A 수업은 지오가 원해서 선택한 과목이 아니었다. 지오의 의무 수강 과목이었다. 스쿨버스에는 자신이 선택할 수 있는 과목과 의무로 들어야 하는 과목이 있었는데, 의무 수강 과목은 학생 개개인의 특성과 필요에 맞춰진 것이라고 했다. 그 특성과 필요를 알기 위해 신입생들은 입학 후 꼬박 하루에 걸쳐 온갖 검사를 받았다. 뉴스에서 보도된 개인별 맞춤 프로그램을 위한 것이었다.

"본질이란 어떤 것이 존재하는 이유나 목적을 말합니다. 손예준 학생, 신발의 본질은 무엇입니까?"

패션 디자이너가 꿈이라는 예준이는 달에 세워진 한국 기지인 '홍대용 기지' 거주민이다. 예준이는 지오가 반에서 가장 부러워하는 아이이다. 지오의 꿈은 달 기지 건축가이기 때문이다. 예준이가 화려한 스니커즈를 신은 오른발을 하늘을 향해 번쩍 들더니 발목을 빙빙 돌리며 말했다.

"신발은 패션의 완성이죠."

사르트르는 예준이의 대답을 듣지 못한 것처럼 지오에게로 고개를 돌렸다.

"지오 학생, 신발의 본질은 무엇입니까? 신발이 존재하는 이유나 목적이 무엇이죠?"

지오는 갑작스러운 질문에 당황했지만, 곧 또박또박 대답했다.

"음, 발을 보호하는 것이요."

"그렇습니다. 그럼 가방의 본질은요?"

"무언가를 담는 것입니다."

"맞습니다. 그럼 인간의 본질은 무엇일까요?"

이번에는 말문이 막혔다. 사르트르가 고개를 한번 끄덕이고 말했다.

"인간에게는 본질이 없습니다. 인간은 그냥 존재하는 것입니다. 심지어 존재하고 싶어서 존재하는 것도 아닙니다. 그래서 실존은 본질에 앞서는 것이죠. 나는 인간이 자유롭도록 운명지어진 채, 자유를 선고받고 세상에 던져진 존재라 생각합니다. 인간에게 결정된 것은 자유 한 가지이며, 개개인의 삶의 목적은 이 자유를 바탕으로 한 선택에 달린 것이죠. '인생은 B와 D 사이의 C이다'라는 말은 들어봤나요?"

누군가 들어봤다고 하자 사르트르가 말을 이었다.

"인생은 선택의 연속이에요. 우리는 하루에도 수많은 선택을 해야만 합니다. 정답도 없는 선택을요. 그래서 인생은 탄생(Birth)과 죽음(Death) 사이의 선택(Choice)으로 이루어진 것입니다. 여러분은 오늘 어떤 선택을 했습니까? 여러분 삶의 목적은 무엇인가요? 요즘 여러분이 고민하는 일은 무엇입니까? 다음 시간에 다시 이야기해 봅시다."

수업이 끝났다. 정약용이, 사르트르가, 아이들이, 한 명씩 눈앞에서 사라져 갔다. 오늘 수업은 이것이 마지막이라 접속을 종료해도 되지만, 지오는 좀더 머물다 가기로 했다. 아름다운 카페를 떠나기 아쉽기도 했고, 조금은 허무하게 느껴졌던 사르트르의 말이 왠지 마음에 남았기 때문이다.

지오가 허공을 클릭하자 매뉴얼이 나타났다. 음악을 고르니 매뉴얼은 사라지고 〈플라이 미 투 더 문(Fly me to the moon)〉이 잔잔하게 흘러나왔다. 지오가 가장 좋아하는 곡이었다. 지오는 음악을 들으며 오늘 수업을 곱씹었다. 그러자 머릿속에 낱말들이 떠다녔다.

실존, 본질 그리고 선택.

지오는 항상 선택이 어려웠다. 무언가를 결정하는 데 오래 걸렸고, 하나를 선택하고 나면 다른 게 더 낫지 않을까 후회하곤 했다. 그래서 '혹시'라는 단어를 머릿속에 자주 떠올렸다. 혹시 방금 산 모자보다 더 멋진 모자가 있지 않을까? 혹시 친구와 배드민턴 치는 것보다 집에서 게임을 하는 게 더 재밌지 않을까? 하는 식이었다.

"너 오하늬 좋아하지?"

깜짝 놀란 지오가 고개를 돌렸다. 웬 할머니가 지오를 보며 웃고 있었다.

"저한테 얘기하신 거예요?"

지오가 눈을 동그랗게 뜨고 묻자, 할머니가 다시 말했다.

"당연하지. 오하늬 좋아하는 애가 여기 너 말고 또 누가 있을까? 틈만 나면 얼빠진 표정으로 하늬를 쳐다보는 널 볼 때마다 웃음 참느라 진짜 혼났어."

지오는 너무 놀라 얼굴이 벌게진 채로 입만 벌리고 있었다. 할머니는 재밌는 구경났다는 듯 킥킥대고 웃다가 순식간에 지오 또래의 여자아이로 모습을 바꾸었다.

"반가워. 나는 서유나야."

처음 듣는 이름에 처음 보는 아이였다. 유나는 홈스쿨링을 하고 학교에는 다니지 않는다고 했다. 가끔 재미 삼아 스쿨버스에 접속해서 듣고 싶은 수업을 들었고, 그러다가 지오를 알게 되었다고 했다. 여전히 넋이 나간듯한 지오에게 유나가 다시 말했다.

"청강생이라고 해두자."

"스쿨버스를 청강한다고? 어떻게?"

지오는 무척 놀랐다. 스쿨버스는 접속 절차가 매우 까다롭기 때문이다. 그러나 유나가 이어서 한 말에 비하면 그건 아무것도 아니었다.

"응. 내가 해킹했거든."

조금 전 철학 수업을 들을 때, 가상공간에는 학생들과 선생님들 외에도 파리 현지인들이 거리 곳곳에 있었다. 그저 무대의 배경이나 가구처럼 가만히 있는 사람인 줄만 알았는데, 그중 한 할머니가 해커였다니. 그동안 몇 번이나 모습을 바꾸어 몰래 접속한 걸까? 얘는 겁이 없나? 이런 짓을 하고도 아무렇지 않은 걸까? 범죄자가 되면 대학에 가거나 취업할 때도 힘들텐데, 하고 지오는 이 와중에도 난생처음 만난 유나의 안위를 걱정했다.

"스쿨버스 해킹이 가능해?"

"내 실력이라면 가능하지. 젓병 떼자마자 컴퓨터만 팠는걸. 그보다 내가 비밀 하나 말해줄까?"

"무슨 비밀?"

"아까 너랑 같이 수업 들었던 애 중에 가짜 학생이 있어. 사람이 아니야."

"그럼? 귀신이라도 된단 말이야?"

"AI야."

지오는 어지러워지려고 했다. 유나가 한 말들은 모두 꿈에서조차 생각하지 못했던 일이기 때문이다.

"진짜야! 교육부가 심어놓은 AI라고. 너희 반 애들 현실에서 직접 만나본 적 없지? 그럼 스쿨버스 안에서 보는 얼굴이 실제 얼굴인지, 아니면 만들어낸 얼굴인지 알 게 뭐야? 나만 해도 아바타가 몇 갠데."

지오는 거짓말 같은 유나의 말을 받아들이기가 힘들어 격앙된 목소리로 말했다.

"말도 안 돼. 스쿨버스 입학할 때 신원 등록 절차가 얼마나 까다로운지 알아? 아바타도 본인 실물로 딱 하나만 등록할 수 있다고. 머리부터 발끝까지 스캔해서 등록하기 때문에 아바타라는 생각이 들지 않을 정도란 말이야."

"너 정말 순진하다."

지오는 어린애 취급을 받는 것 같아 기분이 상해 뾰로통하게 반문했다.

"그럼 넌 그걸 어떻게 알았는데?"

"스쿨버스는 나한테 놀이터야. 탐험할 곳이 아주 많지. 매달 첫째 주, 셋째 주 토요일 밤 열두 시부터 새벽 세 시까지는 스쿨버스 서버 점검 시간이거든? 지난번 점검 시간에 내가 서버에 몰래 들어갔었어. 음……. 이런 말 하긴 좀 그렇지만 소장하고 싶은 맵 코드가 있었거든."

유나의 말에 지오가 코웃음을 치며 말했다.

"도둑질하러 간 거네."

"복사! 도둑질 아니고 복사하러 간 거라고. 호수에 별이랑 은하수가 그대로 비치는 맵인데, 정말 숨이 막히도록 아름다워. 거기서 산책하면 정말 기분 끝내준다, 너! 아무튼 그 코드를 찾으러 갔다가 우연히 학생 명단을 봤어. 난 애당초 명단 같은 건 관심 없어서 그냥 넘기려고 했거든? 그런데 AI 학생 목록이 따로 있더라니까. 누군지는커녕 몇 명인지도 확인하지 못했지만 말이야. 열어보려면 암호를 입력해야 하는데……. 암호 푸는 것도 문제지만, 열어볼 때마다 기록이 남게 돼있더라고. 해커가 흔적을 남길 수야 없지 않겠어?"

"좋아. 그렇다 치고. 넌 내가 인간이라는 건 어떻게 확신하고 나한테 이런 얘기를 하는 거야?"

지오의 물음에 유나가 어깨를 한번 으쓱하고 대답했다.

"AI가 너처럼 맹할 리 없잖아."

'이래 봬도 나 우등생이야'라는 말이 튀어나오려는 걸 겨우 삼키고, 지오가 다시 물었다.

"네 말이 사실이라면 학교가 왜 그런 짓을 하는 거지?"

"그건 나도 모르지. 아마 정부가 아이들을 상대로 무슨 짓을 벌이는 거 아닐까? 비밀 실험이라든가, 세뇌를 시키려고 한다든가."

"너 같은 도둑이 하는 말보다는 차라리 교육부가 더 믿음이 가는데?"

유나의 음모론에 지오가 피식 웃으며 한 말이다. 하지만 이미 지오는 세계가 뿌리부터 흔들리는 느낌이었다.

"믿든 안 믿든 네 자유지만, 모두 사실이야. 기회가 된다면 누가 가짜인지 너도 한번 알아봐. 궁금해 미치겠으니까. 그럼 다음에 또 보자."

유나는 손을 흔들더니 지오의 대답은 듣지도 않고 순식간에 사라졌다.

유나를 만나고 며칠이 지났다. 그리고 지오는 내내 혼란한 채로 시간을 보냈다. 유나의 말이 계속 머릿속을 맴돌며 한시도 떠나지 않았기 때문이다. 항상 멍했고, 수업 시간에도 도통 집중이 되지 않았다. 더구나 요즘 아빠와 말다툼하는 일도 잦아 더욱 그랬다.

지오는 얼마 전 아빠에게 과학 영재 탐사단 공고가 나면 지원하겠다고 말했다. 여기에 뽑히면 홍대용 기지 견학팀에 학생단으로 갈 수 있기 때문이다. 과학 영재 탐사단의 달 기지 견학은 격년마다 이뤄지는 행사로 고등학생 이상만 참가할 수 있어 지오가 오랫동안 기다렸던 일이다. 지오는 달 기지 건축물을 두 눈으로 직접 보고 싶었다.

그런데 아빠는 지오의 얘기가 채 끝나기도 전에 기겁했다. 지구 밖으로 나가기엔 지오가 아직 어려 위험하다는 거였다. 고등학생이 어리다고? 지구 밖이 위험하다고? 그럼 달에 사는 손예준은 뭘까, 지오는 생각했다.

지오 아빠는 '초이스 대디(Choice Daddy)'였다. 초이스 대디는 자발적 비혼부, 즉 스스로 '한 부모'가 되기를 선택한 사람이다. 지오 아빠는 결혼하지 않고 '비혼 부모 센터'를 통해 절차에 따라 지오를 출산하고 지금까지 키웠다. 비혼 부모 센터는 결혼은 원하지 않지만, 이세를 원하는 사람들을 위한 국가 지원 기관이다. 낮은 출산율 때문에 이곳에서는 초이스 맘이나 초이스 대디가 되길 원하는 사람들에게 충분한 지원을 하고 있다.

보기 드문 초이스 대디답게 지오를 향한 아빠의 관심과 사랑, 그리고 걱정은 충분하다 못해 과한 면이 있었다. 지오가 어릴 때 태권도를 배우고 싶다고 말했을 때도 위험해서 안 된다 했을 정도였다. 그래서 지오의 삶은 순도 구십 퍼센트짜리 다크초콜릿을 입에 가득 문 것처럼 풍요로우면서 씁쓰름했다. 아빠의 관심과 지원이 고마우면서도 한편으론 피곤했기 때문이다.

최근 아빠는 지오의 진학 문제에 열을 올리기 시작했다. 아빠는 지오가 수학을 잘하고 차분하니까 뇌신경공학자가 되는 게 어떻겠냐고 했다. 하지만 지오는 달에서 도시를 건설하는 우주 건축가가 되고 싶었다. 그러나 절대 속마음을 입 밖으로 꺼내지 않았다. 그 말을 꺼내는 순간, 어떤 일이 펼쳐질지 빤히 보였기 때문이다. 아빠는 위험하다고 경악한 다음, 안 되는 이유를 이박 삼일 동안 늘어놓을지도 모른다. 생각만 해도 귀가 따가웠다.

쉬는 시간에 담임 선생님으로부터 메시지가 도착했다.

오늘 수업 끝나고 선생님과 잠깐 얘기 좀 하자, 지오야.

스쿨버스 담임 선생님은 수업을 하지 않는다. 학급 관리와 학생 상담 등 담임 교사의 역할만을 수행한다. 그래서 담임 선생님을 만날 시간이 많고 관계도 좋았다.

방과 후에 선생님이 교실 문을 열고 들어왔다.

"지오가 요 며칠 수업에 통 집중하지 못한다는 보고를 받아서 걱정했어. 무슨 고민이나 안 좋은 일 있는 건 아니지?"

"네, 선생님. 그런 거 없어요."

"정말 그렇게 생각해도 되겠니? 의논하고 싶은 일이 생기면 언제든 말해줘. 선생님은 늘 지오 편이야."

"네. 감사합니다."

선생님이 따스한 미소를 짓고 먼저 접속을 끊었다.

교실에 홀로 남은 지오는 또다시 엉뚱한 생각이 들었다. 조금 전 이야기를 나눈 사람이 진짜 선생님이 아닐지도 모른다는 생각.

지오는 고개를 좌우로 흔들고 어서 이 의심을 걷어내야겠다고 생각했다. 유나의 말이 사실인지 아닌지 한번 확인해 봐야 했다. 그래야 다시 일상으로 돌아갈 수 있을 것 같았다.

그리고 하늬를 생각했다. 사실 가짜를 찾아내려는 가장 큰 이유는…… 하늬 때문이다. 지오는 하늬가 가짜가 아니기를, 살아있는 사람이기를 빌었다. 하늬가 사람이 아니고 AI라는 건 상상하기조차 싫었다. 하늬만 아니라면 선생님이든, 누구든 AI여도 상관없었다. 교육부의 숨은 음모가 있다 할지라도.

다음 날부터 지오는 유심히 아이들을 관찰하기 시작했다. 이 중에 가짜가 있다고 생각하니 아이들이 하는 말, 하는 행동 하나하나가 모두 신경 쓰이고 의심스러웠다. 그렇지만 어떻게 찾아낼지는 아무리 생각해 봐도 답이 나오지 않았다. 가상현실에서 AI와 사람을 구분하는 건 사실 불가능에 가까운 일이니까. 그렇다고 만나는 아이마다 너 진짜 사람이냐고 물을 수도 없는 노릇이었다.

누구일까, 끊임없이 살피고 의심하는 한편 계속 떠오르는 궁금증이 있었다.

'왜 진짜 학생이 아닌 AI 학생을 만들었을까?'

학생 수가 적은 건 이유가 되지 못한다. 어차피 메타버스 학교니까 학급당 학생 수쯤이야 얼마든지 조절할 수 있다. 분명히 다른 이유가 있을 것이다. 그게 뭘까? 도대체 무엇 때문에?

담임 선생님과 함께하는 시간이었다. 학급 회의도 하고 행사가 있으면 준비하기도 하는 학급 자율 시간이다. 특별한 행사가 없는 시기여서 선생님이 회의 주제를 자유롭게 건의해 보라고 했다. 그때 지오의 머릿속을 스치는 생각이 있었다. 아이들에 대해 더 알면 가짜를 찾는 데 조금이라도 도움이 되지 않을까? 게다가 하늬에 대해 더 많이 알 수도 있다. 지오가 손을 들었다.

"입학한 지 꽤 되었는데 아직 친구들끼리 서로 잘 모르는 것 같아요. 자기소개하는 시간을 가져보면 어떨까요?"

"다른 친구들도 동의하면 그렇게 하자."

아이들은 서로를 둘러보았다. 딱히 싫다는 아이는 없는 분위기였다.

"모두 동의하는 것 같네. 그럼 누가 먼저 할래?"

선생님의 말씀이 끝나기가 무섭게 손예준이 아메바처럼 몸을 흐느적거리며 일어섰다. 그리고 허세 가득한 목소리로 느릿느릿 말을 시작했다.

"나 먼저 할게. 나는 손예준. 모두 알다시피 패션 디자이너가 꿈이고, 그것 외에는 생각해 본 적도 없어. 그런데 이 몸은 답답하기 짝이 없는 홍대용 기지에 살고 있네? 이 무채색 월면(달의 겉면) 도시는 패션의 무덤이야. 여기서 몇 년 살면 여러 가지 혜택이 주어진다고 부모님한테 끌려왔는데 얼른 지구에 가서 내 꿈을 펼치고 싶다. 다음 김지오."

예준이가 과연 AI일까 아닐까 가늠하던 지오는 놀라서 의자에서 일어났다. 매일 보는 아이들인데도 새삼스레 긴장되었다.

"나는 김지오야. 서울 잠실에서 아빠랑 둘이 살아. 우리 아빠는 초이스 대디이고, 시청 공무원이야. 아빠는 뇌신경공학자가 내 적성에 잘 맞을 것 같다고 하셔. 아, 오늘은 여기까지만 할게."

발표를 마치고 지오는 바로 후회했다. 뭐 하러 그런 것까지 얘기했을까. 몇 마디 안 되는 말이 전부 다 후회되었다. 하마터면 누군지도 모르는 생물학적 엄마가 궁금하다는 말까지 할 뻔했다. 그때 하늬가 손을 들었다. 지오가 말해도 좋다는 눈짓을 보내자, 하늬가 물었다.

“너는 뭘 하고 싶은데?”

“어?”

“아빠 생각 말고, 네가 하고 싶은 건 뭔지 궁금해서. 너도 뇌신경공학자가 되고 싶어?”

“아. 그건…….”

일부러 자기 꿈이 아닌 아빠의 바람을 말했던 터라, 지오는 어떻게 대답해야 할지 고민하며 머뭇거렸다. 달 기지에 사는 예준이가 비웃을까 봐 걱정됐다. 진짜 꿈을 밝히는 것은 왠지 부끄럽기도 했다. 이런 와중에도 하늬가 왜 그런 걸 물은 걸까, 혹시 나에게 관심이 있나 궁금한 마음이 들었다. 하지만 일단 효림이를 지목하는 것으로 그 순간을 넘겼다. 안 그러면 속마음이 얼굴에 글씨로 써질 것만 같았으니까.

지오의 지목에 최효림이 일어났다.

“나는 최효림. 내가 있는 곳은 제주도야. 부모님이 해양연구소에 다니시거든. 커서 뭐가 될지는 아직 모르겠어. 부모님처럼 열심히 살 자신도 없고, 꼭 뭐가 되어야 하나 싶기도 해. 그냥 적당한 공동체에 들어가서 내가 좋아하는 음악 듣고, 맛있는 음식 만들어 먹고, 그렇게 살아도 좋을 것 같아. 부모님도 내 뜻을 존중한다고 하셨고. 다음은 민영이.”

“나는 최민영. 여긴 대전이고, 나는 농촌공동체 마을에 살아. 우리 마을 사람들은 식물공장과 달리 전통 방식으로 작물을 재배해. 흙에 뿌리를 내리고 진짜 태양 빛을 받고 자라는 곡식과 채소가 사람을 건강하게 만든다고 생각하거든. 공동체 사람들 생각이 옳다고 생각하고 존중해. 하지만 성인이 되어서도 이곳에 계속 살지는 나도 모르겠어.”

지오는 효림이와 민영이가 발표하는 모습을 뚫어지게 바라봤다. 하지만 사람인지 AI인지 구분할 수는 없었다. 사람이라고 생각하면 조금도 AI 같지 않았고, AI라고 생각하면 어딘가 조금 부자연스럽게 느껴졌다.

드디어 하늬 차례다. 지오가 아직도 홧홧한 얼굴을 하늬 쪽으로 돌렸다.

“난 섬에 살아. 서해의 솔지도라는 작은 섬인데, 작곡하는 사람들이 모여 사는 공동체야. 우리 아빠는 음악만큼 낚시도 좋아해. 종종 주문이 들어오면 자연산 횟감을 잡아서 드론으로 배송해 주는 일도 하셔. 맛이 좋다고 단골이 꽤 많아. 여기는 대체로 조용하고 항상 음악이 흘러. 그래서 이곳이 좋지만, 이제는 도시에 나가 살아보고 싶기도 해. 이곳엔 내 또래가 별로 없거든. 그래서 스쿨버스가 나한테는 정말 소중해. 누구든 우리 집에 놀러 온다면 정말 대환영이야."

하늬가 모두를 바라보며 미소 지었다. 그러나 지오는 하늬가 꼭 자기에게만 말한 것처럼 느껴졌다. 지오의 눈을 보며 말한 것 같기도 했다. 그때 예준이가 비꼬며 말했다.

"진짜 가도 되냐? 막상 간다고 하면 내가 언제 그런 말 했냐고 그러는 거 아냐? 난 빈말하는 애는 딱 싫더라."

순간 진공상태가 된 듯 교실에 싸한 정적이 흘렀다. 예준이는 가끔 이런 식으로 상대방의 기분을 상하게 하곤 한다. 지오는 마치 자신이 공격받은 것처럼 긴장되었다. 그러나 하늬는 조금도 당황하지 않았다.

"나는 지키지 못할 약속은 입 밖으로 꺼내지 않아."

그 짧고 단호한 대답에 지오는 참았던 숨을 후하고 내뱉었다. 역시 하늬였다. 가슴이 뻥 뚫린 것처럼 시원했다. 그리고 생각했다. 이렇게 멋진 애는 제발 AI가 아니었으면 좋겠다고.

수업이 끝나고 스쿨버스를 종료한 뒤 지오는 곧바로 솔지도를 검색했다. 솔지도는 목포에서 배로 한 시간 거리의 인구 삼

십여 명이 사는 작은 섬이었다. 몰랐던 세상, 몇 시간이면 갈 수 있는 솔지도가 마치 달보다 더 먼 곳에 있는 것만 같았다.

지오는 지도를 계속 바라보며 생각했다. 이 작은 섬에 하늬가 살고 있다. 꼭 솔지도에 가서 하늬를 실제로 만나보고 싶다. 그날이 언제든지 간에.

"지오야, 아빠 왔다."

어렴풋이 들려오는 아빠의 목소리에 지오가 눈을 떴다. 고글과 장갑도 벗지 않고 안락의자에 누운 채였다. 수업 후 피곤해서 접속 종료 버튼만 누르고 그 자세 그대로 깜빡 잠이 들었던 모양이다. 그럴만했다. 평소와 조금 다른 날이었으니까. 지오는 가상현실 장비를 정리하고 거실로 나갔다.

"지오야. 우리 저녁 뭐 먹을까?"

"음, 스테이크?"

"그래, 귀한 아들 먹고 싶은 거 먹자."

잠시 후, 배달온 스테이크를 식탁에 차려놓고 지오와 아빠가 마주 앉았다. 지오가 스테이크를 한 조각 썰어 입에 넣고 아빠에게 물었다.

“아빠는 하는 일 마음에 들어?”

“갑자기 그건 왜?”

“그냥 궁금해서.”

“나쁘지 않지. 직장에 출근하는 건 아무나 할 수 있는 게 아니잖아. 웬만한 건 로봇이나 AI가 하는 세상이니까.”

아빠의 말대로 직업을 가지는 것은 그 자체로 누구나 할 수 있는 일이 아니었다. 직업을 가지고 싶어 하는 사람들은 각 직장에 얼마 있지 않은 인간 할당제를 통과해야 한다. 그나마 공무원은 절반이 인간에게 할당되어 있어서 채용문이 넓은 편이었다. 이렇게 국가에서 강제적으로 인간을 위해 확보한 자리가 아니면, 자기같이 평범한 사람은 직업을 가지지 못했을 거라고 아빠는 말하곤 했다. 아빠가 고기를 꿀꺽 삼키고 다시 말을 이었다.

“물론 일을 안 해도 기본소득으로 먹고살 수는 있는데, 아빠는 그런 삶은 좀 무료하더라. 그러니까 너도 공동체 같은 데 들어갈 생각 말고, 꼭 뇌신경공학자가 되어서 멋지게 살아야 해. 너는 아빠와는 다르게 똑똑하잖아.”

지금까지 백 번쯤 한 말을 아빠가 또다시 반복했다. 지오는 생물학적 엄마의 직업이 공학자가 아니었을까, 짐작했다. 성공한 공학자는 누구나 부러워하는 직업이니까. 지오는 막 튀어나오려는 오만 가지 말을 저 밑으로 눌러 가라앉히고 다른 걸 물었다.

"아빠는 원래부터 꿈이 공무원이었어?"

"아니."

"그럼 뭐였는데?"

"전에 말하지 않았나? 드라마 작가였어."

"그런데 왜 안 해?"

아빠가 포크를 내려놓고 말했다.

"지금 활동하는 드라마 작가가 몇 명인 줄 아니? 스무 명도 채 안 돼. 보조 작가 역할도 AI가 대신한 지 한참 됐잖아. 아예 대본 전체를 AI가 쓰는 곳도 많아. 이 분야는 인간 할당제도 통하지 않거든. 확률을 따져봤지. 아빠가 드라마 작가로 데뷔할 확률. 공무원 시험을 통과할 확률이랑 비교가 되지 않더라고."

지오는 확률이라는 말을 생각해 보았다. 그런 확률은 어떻게 계산하는 걸까? 확률이 높으면 선택이 쉬워지는 걸까? 지오네 반 아이들이 사람이 아닐 확률은 얼마나 될까? 그리고 하늬와 친구가 될 확률은 얼마일까.

아빠가 뭔가 생각났다는 듯 다시 말을 이었다.

"옛날에 아빠랑 같이 드라마 공부했던 친구가 있었어. 아빠가 그만두고 나서도 그 친구는 더 오래 공부했는데, 끝내 데뷔하지 못하고 어느 시골에 있는 문학 공동체에 들어가 산다고 하더라. 똑똑한 애였는데 아깝지 뭐. 진작 아빠처럼 다른 길 찾았으면 뭐라도 됐을 텐데. 세상에 발표하지도 못할 글을 공동체 사람들끼리 돌려보며 살겠지."

지오는 아빠의 말이 이상하게 들렸다.

"아빠처럼 살지 않으면, 아빠랑 다르게 살면 불행한 거야?"

"뭐?"

"그 친구 본 지 오래됐다며. 지금 불행한지 행복한지 알 수 없는데 꼭 본 것처럼 말하잖아. 실제로 만나서 친구 말을 직접 들은 것도 아니면서."

"뻔하지. 그걸 꼭 직접 만나봐야 아니?"

"그럼 아빠 친구도 아빠가 작가 되기 포기하고 공무원이 되어서 불행하다고 생각할 수도 있겠네. 내 생각에 아빠 친구는 독자가 적더라도 원하던 글을 쓰고 있으니까 행복할 것 같은데?"

“그건 네 생각이고! 남들이 읽지도 않는 글 써서 뭐 해. 너 아빠 시험 볼 때 경쟁률이 얼마였는지 알아?”

“그래서 아빠는 지금 드라마 쓸 때보다 행복해? 어려운 시험 통과해서?”

그 순간 아빠 얼굴이 칠면조처럼 붉으락푸르락해지나 싶더니 급기야 큰소리가 터져 나왔다.

“아들! 요즘 진짜 왜 그래? 아빠한테 불만 있어?”

지오는 입을 다물었다. 무서워서가 아니라 끝나지 않을 것 같아서였다. 하지만 궁금증은 더욱 커졌다. 아빠는 무슨 근거로 친구의 삶을 단정 짓는 것일까? 어른이 되면 그 정도는 저절로 알게 되는 걸까? 내 행복과 불행은 다른 사람의 시선에 달린 걸까? 하고 싶은 게 뭐냐던 하늬의 질문도 그런 맥락이었을까? 나는 지금 행복한가, 불행한가.

울긋불긋한 단풍이 아름다운 가을이다. 수백 년 된 왕버들 수십 그루가 물속에 서있는 모습이 신비로웠다. 거울같이 잔잔한 수면에 화려한 단풍과 산등성이가 데칼코마니처럼 비쳤다. 주왕산 주산지의 풍경을 그리는 미술 시간이었다.

아이들은 여기저기 흩어져 자리를 잡았다. 지오는 수채 물감으로 그리기로 했다. 밑그림을 그리고 난 뒤 팔레트에 물감을 짜고 붓에 물을 적시고 양을 조절했다. 실제로는 허공에 그리는 것일 텐데, 지오가 붓을 그을 때마다 주산지의 가을 풍경이 종이 위로 조금씩 옮겨왔다. 그림이 완성되고 선생님에게 통과를 받으면 스쿨버스 개인 포트폴리오에 저장되고 프린트할 수도 있었다. 그림에 열중한 지오에게 누군가 다가왔다.

"잘 그리네. 나는 그림 진짜 못 그리는데."

하늬였다. 지오가 우물쭈물하자 하늬가 납작한 돌을 하나 집어 들며 말했다.

"대신 이건 잘해."

하늬가 한쪽으로 몸을 기울이고는 수면과 거의 수평이 되게 돌을 던졌다. 메이저리그 선수 같은 멋진 자세였다. 돌이 수면 위에서 아홉 번이나 튕기고 가라앉았다. 하늬가 돌을 하나 골라 지오에게 건네며 말했다.

"너도 해봐."

지오가 던진 돌은 겨우 두 번 만에 가라앉았다.

"퐁당 던지지 말고 각도랑 힘을 잘 조절해야 해. 이렇게."

지오는 하늬의 자세를 따라 하며 다시 던졌다. 이번에는 네 번이나 튕겼다. 지오의 얼굴이 활짝 폈다.

“재밌다.”

“물수제비뜨기야.”

“아, 들어본 적 있어.”

“실제로 해본 적은 없고?”

“응. 처음이야.”

“그렇구나.”

잠시 침묵이 이어졌다. 지오는 무슨 말이라도 해야겠다고 생각했다. 그냥 있으면 하늬와 둘이 이야기하는 시간이 곧 끝나 버릴지도 몰랐다. 지오가 급하게 질문을 던졌다.

“솔지도가 작곡 공동체라고 했지? 그럼 너도 작곡해?”

“응. 아무래도 어려서부터 쭉 보면서 자랐으니까. 비록 우리 공동체 사람들끼리만 연주하고 듣긴 하지만.”

하늬가 씁쓸하게 웃다가 주먹을 불끈 쥐더니 씩씩한 목소리로 말했다.

“그래도 괜찮아. 내가 만든 곡이 AI가 만든 것보다 못하더라도 말이야. 우리 공동체 사람들이 하는 말이 있어. 우리 노래가 널리 사랑받지 못해도, 작곡하면서 만나는 힘겨운 순간, 즐거운 순간은 우리 거라고. 영감이 찾아올 때의 전율과 완성했을 때의 기쁨은 AI가 절대 느낄 수 없는 거잖아."

지오는 가슴이 벅차올랐다. 하늬는 AI가 아니라는 확신이 밀려왔기 때문이다. 이런 말을 하는 애가 AI일 리가 없었다.

하늬가 허공을 클릭하고 매뉴얼에서 음악을 한 곡 골랐다. 화려하면서 경쾌하고 비장하기까지 한 장대한 오케스트라 연주가 흘러나왔다. 귓속을 파고드는 현란한 소리에 지오는 살짝 전율이 일었다.

"이거 무슨 곡이야?"

"러시아 작곡가 하차투리안의 〈가면무도회〉 왈츠야. 내가 좋아하는 곡인데, 어때?"

짧지만 진심을 담은 목소리로 지오가 대답했다.

"진짜 너무 좋아."

"이 곡을 들으면 왠지 내가 다른 사람이 되어 많은 사람 속에 파묻힌 것 같은 느낌이 들어. 그중에 누가 나인지, 스스로 찾는 느낌이랄까. 이번 우리 공동체 여름 축제 때 내가 만든 곡이 하이라이트로 발표되거든? 이 곡에서 영감을 받아 작곡했어. 벌써 설레. 단 한 사람이라도 내 곡을 듣고 행복해진다면 아마 지금보다 두 배는 더 설렐 거야."

"그 축제…… 나 가도 돼?"

평소 같으면 하지 못했을 말을 자기도 모르게 툭 던지고 지오는 얼굴을 붉혔다.

"정말?"

"네가 만든 곡 들어보고 싶어."

하늬가 씩 웃으며 조약돌을 하나 주워 들고 말했다.

"너 오면 진짜 돌로 물수제비뜨기 시합해야겠다."

지오는 떨리는 목소리를 감추려 애쓰며 물었다.

"초대하는 거야?"

"당연하지. 여기에 사방이 막힌 듯 잔잔한 바닷가가 있어. 거기서 시합하자. 축제는 방학식 다음 날이야. 우리 약속한 거다?"

"꼭 갈게!"

하늬가 해사하게 웃었다. 하늬의 웃음을 바라보면서 지오는 생각했다. 하늬가 진짜 사람이든 아니든 지금, 이 순간은 진짜라고. 중요한 건 그것이었다. 하늬랑 만나서 같이 시간을 보내고 싶다는 간절한 소망. 지오가 처음 느껴보는 이 뚜렷한 감정은, 진짜였다.

시간은 빠르게 흘렀다. 일 학기가 이 주 정도밖에 남지 않은 어느 날이었다. 지오는 스쿨버스 복도의 게시판을 바라보며 한참 동안 서있었다. 거기엔 과학 영재 우주 탐사 프로그램 안내문이 빛나고 있었다.

그런데 안내문 중 한 줄이 들뜬 지오의 마음을 순식간에 바닥으로 가라앉혔다. 학생부와 포트폴리오를 제출해야 하는 일차 통과가 물론 쉽지는 않겠지만, 이 차 면접일이 솔지도 축제일과 겹쳤기 때문이다. 하필 하늬와 약속한 날이 면접 날이라니. 지오는 한동안 그 자리에서 꼼짝할 수가 없었다.

그리고 또 생각난 사람이 있었다. 아빠였다. 하늬와의 약속을 저버리고 탐사단에 지원한다고 해도 아빠에게는 어떻게 말해야 할까. 아빠는 그런 위험한 여행을 보낼 수 없다며 분명 극구 말릴 것이다.

아빠 그리고 하늬. 두 사람의 얼굴이 지오의 머릿속에서 소용돌이쳤다. 지오는 밤새워 고민한 끝에 다음 날 과학 영재 우주 탐사 프로그램에 지원했다. 일단 일 차를 통과하면 다시 고민하기로 한 것이다.

그러나 그 고민은 얼마 되지 않아 지오의 머릿속에서 사라질 수밖에 없었다. 하늬가 수업에 계속 나오지 않았기 때문이다. 처음에는 무슨 일이 있나, 어디가 아픈가 하고 생각했다. 그런데 다음 날도, 그다음 날도 하늬는 계속 스쿨버스에 등교하지 않았다.

지오는 도저히 참을 수 없는 지경이 되어 담임 선생님께 하늬에게 무슨 일이 있는지 물었다. 선생님의 대답은 친절하면서 명료했다.

“하늬의 사정은 개인정보라 아무것도 말해줄 수 없어. 정 궁금하면 스쿨버스 메신저로 메시지를 보내보지 그러니?”

메시지는 벌써 여러 번 보냈다. 그러나 하늬는 확인조차 하지 않았다. 개인 전화번호를 교환하지 않은 걸 지오는 크게 후회했다. 초조해진 지오는 전체 학생들이 보는 게시판에 메시지를 남겼다.

할머니! 전에 만난 곳에서 기다릴게요.

유나에게 연락할 길이 없어서 생각해 낸 방법이었다. 파리의 카페에서 십 분쯤 기다렸을까. 할머니 아바타의 모습으로 유나가 나타났다.

"무슨 일이야?"

"하늬가 계속 학교에 오지 않아. 메시지도 안 보고. 너라면 하늬와 연락할 방법을 알까 해서."

"그것까진 모르는데."

굳은 얼굴의 지오를 보고 유나가 말했다.

"많이 걱정하는구나?"

지오가 고개를 끄덕였다.

"무슨 일이 생겼을까 봐 걱정돼. 뉴스를 검색해 봐도 특별한 건 없던데."

"너무 걱정하지 말고 편하게 생각해. 하늬가 AI일 수도 있잖아? 학기말도 다가오고, 이제 필요 없어져서 뺐나 보지 뭐."

"뭐? 함부로 말하지 마. 너 하늬랑 나만큼 얘기해 봤어? 하늬에 대해 알면 얼마나 안다고."

"이야기 좀 나눈 걸로 어떻게 알아보냐?"

"됐다. 너한테 물어본 내가 바보지."

"오해하지 마. 난 그냥 네가 너무 신경 쓰는 것 같아서 그럴 가능성도 있다고 말한 것뿐이야. 네가 괜히 헛수고할까 봐."

지오는 아무 대답 없이 접속을 종료했다. 심란했다. 만약 유나 말대로 하늬가 AI라면……. 이제 어떻게 해야 할까.

지오는 침대로 몸을 던지고 한동안 꼼짝하지 않았다.

일주일 후, 지오는 과학 영재 우주 탐사 프로그램 일 차 합격 통지서를 받았다. 그리고 그날 저녁 아빠에게 합격 사실을 알렸다. 아빠의 표정을 보고 지오는 속으로 '역시나' 했다. 아빠의 표정은 좋지 않았다.

"안 기뻐?"

"합격했다니 좋기는 한데, 그래도 먼저 아빠랑 상의 좀 하지 그랬어."

"아빠는 스쿨버스 입학 나랑 상의했어? 어차피 상의했어도 안 된다고 했을 거잖아. 다른 집은 서로 보내려고 한다던데, 아빠는 왜 그래?"

"무슨 말을 그렇게 해?"

"그럼 보내줄 거야?"

아빠는 선뜻 그러겠다고 하지 못하다가 결국엔 지오가 예상했던 말을 꺼냈다.

"네 진로에 도움이 되는 것도 아니고, 우주여행이 보통 일도 아닌데, 이번에는 그냥 포기하는 게 어때? 나중에 커서 관광으로 가면 되잖아."

지오는 저 밑에서부터 뭔가 부글부글 끓어오르는 것을 느꼈다.

"내 진로를 왜 아빠가 정해?"

"새삼스럽게 왜 그래? 이미 오래전에 얘기 끝났잖아."

"아빠 혼자 끝냈겠지. 내가 하고 싶은 건 따로 있어."

"그게 뭔데? 네가 뭐 하고 싶다고 아빠한테 말한 적 있어? 아빠가 네 적성 고려해서 얘기했던 거고, 너도 싫다고 말한 적 없잖아."

"말하면 뭐 해. 보나 마나 이래서 안 된다, 저래서 안 된다고 했을 거면서. 아빠 맘대로 하려고 좀 하지 마. 난 이제 애가 아니야."

"네가 왜 애가 아니야. 미성년자인데."

지오는 가슴이 답답해져서 아무 말도 하지 않고 섰다가 쾅 소리가 나게 방문을 닫고 들어가 버렸다. 한바탕 폭풍이 몰아친 집 안을 정적이 가득 채웠다.

스쿨버스 방학식을 치르는 날까지 지오와 아빠는 서로 한마디도 하지 않았다. 그리고 방학식 다음 날 이른 아침, 지오는 미리 꾸려놓은 가방을 들었다. 솔지도에 가려는 것이다.

지금 솔지도에 가면 탐사단 면접은 볼 수 없다. 그러나 충분히 고민하고 내린 결정이었다.

면접 포기 서류를 제출하면서 후회한 건 사실이다. 아니, 그 정도가 아니라 서류를 내자마자 곧바로 엄청난 후회가 밀려왔다.

하지만 하늬를 직접 만나야 했다. 무슨 일이 있는 건 아닌지, 어디가 아픈 건 아닌지, 왜 아무 말 없이 갑자기 사라진 것인지 알아야만 했다. 하늬가 약속을 잊었을 거란 의심은 하지 않기로 했다. 무슨 일이 생긴 것이 아니라면, 하늬는 약속대로 축제에서 자기를 기다릴 거라고 믿었다.

지오는 기차에 오른 후 음악을 틀었다. 〈플라이 미 투 더 문

〈Fly me to the moon〉〉이 아닌 〈가면무도회〉 왈츠였다. 눈을 감았다. 귓속을 파고드는 현악기 소리를 가르며 지오는 하늬를 만나러 갔다. 지오의 마음속에, 그리고 솔지도에 실존할 하늬를.

지오가 솔지도에 도착했을 때, 선착장에 한 소녀가 서있었다. 하늬였다. 하늬가 무사한 걸 보고 지오는 안도의 한숨을 내쉬었다. 지오가 하늬에게 다가가 떨리는 목소리로 말했다.

"안녕, 오하늬."

하늬가 환하게 웃으며 대답했다.

"솔지도에 온 걸 환영해. 김지오."

"몸은 괜찮아? 안 좋은 일이 있나 하고 많이 걱정했어. 왜 학교에 오지 않은 거야?"

하늬가 멋쩍게 웃으며 말했다.

"그냥, 그럴만한 사정이 있었어."

"지금은 괜찮아?"

"응. 걱정해 줘서 고마워."

하늬는 지오를 데리고 솔지도 이곳저곳을 돌아다니며 구석구석 안내해 주었다. 걸어서 한두 시간이면 다 돌아볼 수 있는 작은 섬은 축제 분위기에 들떠있었다.

지오와 하늬는 걸으면서 많은 이야기를 나누었다. 처음 와보는 낯설지만 아름다운 섬, 그리고 함께 있는 좋아하는 친구. 그 두 가지가 지오의 가슴을 풍선처럼 부풀어 오르게 했다. 하늘로 날아오를 수도 있을 것 같았다.

하늬가 지오를 어느 바닷가에 데려갔다. 그곳은 사방이 높은 절벽으로 막혀있어서 수면이 호수처럼 잔잔했다. 지오는 하늬가 말한 곳이 바로 여기구나 싶었다.

"여기지? 네가 시합하자고 한 곳."

"맞아."

지오가 먼저 돌을 하나 들어 수면에 던졌다. 돌은 일곱 번이나 물 위로 튕겨가다가 가라앉았다. 실제로 해본 건 처음인데 스쿨버스에서 한 것보다 더 잘했다. 지오는 환호성을 지르며 그 자리에서 펄쩍 뛰었다. 그런 다음 납작한 돌을 하나 골라 하늬에게 건네주었다. 하늬는 자세를 잡고 힘껏 돌을 던졌다. 돌은 물 위로 세 번밖에 튀어 오르지 않았다. 하늬가 당황하며 말했다.

"이상하다. 오늘따라 잘 안되네."

지오가 다른 돌을 골라주었다.

"이걸로 해봐."

하늬가 돌을 받아 들고 신중하게 다시 던졌다. 이번에는 두 번이었다. 하늬와 지오는 몇 번 더 시합했다. 지오가 내내 이기다가 마지막에야 한 개 차이로 하늬가 이겼다. 마지막 시합을 끝내고 지오가 하늬에게 말했다.

"오하늬, 너 진짜 사람이구나."

그 말에 하늬가 크게 소리 내어 웃었다.

둘은 축제가 열리는 곳으로 갔다. 그곳에서 지오는 하늬가 작곡했다는 곡을 들었다. 눈을 감고 음악에 귀를 기울였다. 그리고 오늘처럼 즐거운 날이 얼마 만인가 헤아려 보았다.

음악이 끝나고 지오가 하늬에게 말했다.

"네가 전에 나보고 뭘 하고 싶냐고 물었지? 아빠 생각 말고 내 생각을 말해달라고. 지금 말해줄게. 내 꿈은 우주 건축가야."

지오가 솔지도로 떠나고 한 시간 뒤, 스쿨버스 오프라인 교무실에서 지오 아빠와 담임 선생님이 마주 앉았다.

"오시느라 고생하셨어요. 아버님."

"아닙니다. 선생님."

선생님이 아빠가 보기 편하도록 지오의 생기부를 펼쳐 보였다. 이번 연도 일 학기 동안 지오의 학교생활을 평가한 생기부였다.

"지난 학기 동안 지오의 성장에 대해 말씀드리겠습니다. 아버님도 아시겠지만, 스쿨버스는 학생 개개인을 위해 프로그래밍이 됩니다. 학생들이 가진 약점을 보완하기 위해서요."

"물론입니다. 선생님. 저도 그래서 지오를 스쿨버스에 입학시킨 것이고요."

"아버님은 특히 지오의 성격 중에 우유부단함을 걱정하셨죠. 지오는 참 훌륭한 학생이지만, 주체성과 주도성이 낮아 안타까웠습니다. 왜 그런지는 이미 아시죠? 과잉보호하는 부모 밑에서 자란 아이는 의사결정 장애가 생길 수 있습니다. 지나치게 보호하려는 부모의 양육 방식이 자녀를 의존적인 성격으로 만들 수 있기 때문입니다."

결국, 원인은 아빠라는 말이었다. 아빠는 부끄러워 얼굴이 달아올랐다. 비혼 부모 센터로부터 여러 차례 경고와 교육을 받았던 터라 아빠도 이미 잘 알고 있는 사실이었다.

"네. 지오가 제 품에서 벗어나려 하는 모습을 볼 때면 괴로웠지만, 저도 알아요. 이제 서서히 독립시켜야 한다는 걸요."

선생님이 아빠에게 위로의 미소를 보내고 다시 말했다.

"저와 교육청 장학사님, 그리고 스쿨버스 개발자들은 그 부분에 특히 중점을 뒀습니다. 철저한 계산에 따라 지오를 위한 프로그램을 설계했죠."

아빠가 고개를 끄덕이며 선생님에게 물었다.

"철학 수업을 의무 수강 과목으로 지정한 것도 같은 이유인가요?"

"그렇습니다. 지오에게 꼭 필요한 과목이었죠. 지오는 끊임없이 주변 친구들을 의심할 수밖에 없었고, 결국 내면의 벽을 깼어요. 그리고 이건 저희도 예상하지 못했던 건데……. 정말로 하늬를 만나러 떠나기까지 하더라고요. 엄청난 발전이죠."

"그러게요. 정말 갈 줄은 몰랐어요. 그런데 AI 학생이 있다고 들었는데요. 하늬는 진짜 학생인가요? 궁금합니다."

아빠의 물음에 담임 선생님이 묘한 웃음을 지었다.

"지오가 일 학기 동안 스쿨버스에서 만난 친구 중에 실제로 존재하는 학생은 단 한 명도 없습니다."

선생님의 말씀에 아빠가 손으로 무릎을 치며 진심으로 감탄했다.

"세상에! 정말 놀랍군요."

"그렇죠? 일 학기를 함께한 친구들은 모두가 지오를 위해 만들어진 AI 학생입니다. 예준이, 하늬, 민영이, 효림이 모두 다요."

지오 아빠는 고개를 끄덕이다 뭔가 생각난 듯 물었다.

"그런데 걱정되네요. 하늬를 만나러 갔다가 그런 아이가 없는 걸 알면 지오가 실망할 텐데, 어쩌죠?"

"걱정하지 마세요. 그런 상황을 예측하지 못했겠습니까? 저희가 보낸 하늬 역할 연기자가 지오를 맞아줄 거예요. 연기자들의 실물을 스캔해서 지오 반 학생들의 아바타를 만들었거든요. 그러니 지오가 하늬 연기자를 만나면 바로 알아볼 수 있어요. 오고 가는 길도 잠복 형사가 안전하게 지켜줄 겁니다. 지오는 하늬와 우정을 나누고 자신의 선택에 스스로 타당성을 부여하게 되겠죠. 예전에는 학생들이 직업을 얻기 위해 많은 시간을 썼지만, 이제는 그보다 삶의 주체로서 자신의 삶을 즐길 수 있도록 돕는 것이 우리의 역할 아니겠어요? 지오는 '스스로' 선택했어요. 저희는 지오가 주체적인 삶을 살 수 있도록 관계에 대한 방향과 지속을 충분히 생각하고 경험할 기회를 제공했고, 결과는 아버님이 보셨다시피 성공적입니다."

"정말 애 많이 쓰셨습니다. 선생님."

"지오의 성장을 축하드리며 이 학기에도 지오를 위해 또 다른 맞춤 프로그램을 준비하겠습니다. 지오가 더 윤리적이고, 더 스마트하고, 더 나은 성인으로 자랄 수 있도록 말입니다. 학교는 이타적 관심을 실천하고 경험해야 하는 장소니까요. 청소년 인구가 전국에 만 명이 채 되지 않는 이 시대에 귀한 지오를 만나게 해주셔서 교육부를 대신해 진심으로 감사드립니다. 아버님."

아빠는 상담을 마치고 만족스러운 표정으로 교무실을 나섰다.

◆ ◆ ◆

이 학기가 시작되었다. 새 학기답게 분주한 얼마간의 시간이 흐른 뒤, 달이 바뀌고 첫째 주 토요일이 되었다. 그리고 그날 자정, 별이 쏟아지는 스쿨버스의 한 호숫가에서 지오와 유나가 만났다. 유나가 스쿨버스에서 가장 좋아한다고 말했던 곳이다.

잔잔한 호수에 하늘의 별과 은하수가 그대로 비쳐 온 세상이 반짝이는 별로 가득했다. 마치 우주공간 속에 서있는 기분이었다. 유나가 걱정스레 운을 떼었다.

"정말 할 거야?"

"응. 해야지."

"너, 이 일로 학교에서 쫓겨날 수도 있어."

"상관없어. 너도 학교 안 다니는데 잘 살잖아. 그리고 학교가 스쿨버스만 있는 것도 아니고."

"하긴."

둘은 잠시 아무 말이 없었다.

"있잖아. 솔지도에서 만난 하늬가 가짜인 걸 어떻게 눈치챈 줄 알아? 처음에는 스쿨버스 아바타와 똑같이 생겨서 알아채지 못했어. 그런데 걔가 물수제비뜰 때 말이야. 자세가 너무 우스꽝스러웠어. 스쿨버스에서는 그렇게 잘하던 애가 몇 번 튕기지도 못하더라. 아, 얘는 하늬인 척하는 애구나 하고 그때 확실히 알았지. 그런데 재밌는 건 그 애가 진짜 하늬가 아니란 걸 알고 나서도, 그 애랑 같이 보낸 시간이 정말 즐거웠다는 거야."

그때가 생각난 듯 지오가 잠시 말을 멈추고 미소 지었다.

"왜 가짜 하늬랑 함께해도 내가 즐거웠나 생각해 봤어. 그건 직접 해봐서 그런 거였어. 스쿨버스 너무 훌륭하지. 그런데 진짜 조약돌이 수면을 팡팡 치면서 튕겨 나가는 걸 보는 순간, 모든 게 확실해졌어. 내가 직접 그곳에 가서 경험했기 때문에 재밌었던 거야."

지오는 조약돌을 주워 잔잔한 호수 면에 물수제비 파문을 만들었다. 돌은 수면 위에서 여덟 번 통통 튀었다가 작은 소리를 내며 호수 바닥으로 가라앉았다. 지오가 던진 돌로 두 개의 밤하늘 중 하나만 남아버렸다.

"우리 반 아이 중에 누가 사람이고 누가 AI인지 나는 알아내지 못했어. 그렇지만 이거 하나만은 확신할 수 있어. 스쿨버스는 꿈속의 성과 같아. 그 속에서 계속 안락한 시간을 보내든, 아니면 깨어나든, 중요한 건 내가 직접 선택해야 한다는 거야. 스쿨버스가 아무리 좋은 곳이라도 내가 선택하지 않은 것에서 배우는 게 진짜일까? 나를 둘러싼 세계가 아무리 잘 만들어졌다 해도, 내가 선택한 게 아니라면 그건 나에게 무의미해."

하늬를 만나러 떠날지, 탐사단 면접을 보러갈지 고민하면서 지오는 알게 되었다. 탐사단 프로그램과 하늬와의 약속 둘 다 고를 수는 없다는 것을, 모든 것을 갖는 선택이란 이 세상에 없다는 것을, 진짜 원하는 것 하나만을 선택해야 하고 선택한 다음에는 뒤돌아보지도 후회하지도 말아야 한다는 것을 말이다.

결정하고, 선택하고, 앞으로 나아간 뒤 뒤돌아보지 말아야 한다. 나머지는 내려놓아야 한다. 놓치는 데는 용기가 필요하다. 모든 것을 하고, 모든 것이 되려는 노력을 멈출 때 진정으로 원하는 것을 온전히 가질 수 있다는 걸 지오는 이제야 알았다.

"그래서 그렇게 결심한 거야? AI 학생 명단을 공개하기로?"

"응. 그동안 학교에서 왜 AI 학생을 만들었나 궁금했거든. 스쿨버스의 기술력은 훌륭할지 몰라도 방식은 옳지 않다고 생각해. 그래서 네가 나를 도와주면 고맙겠어. AI 학생 명단을 해킹해서 전체 메일로 보낼 거야. 그걸 본 진짜 학생들이 어떤 결정을 할지는 그들의 선택에 맡겨야겠지."

지오가 점점 잔잔해지는 호수를 물끄러미 바라보았다. 유나가 문득 생각났다는 듯이 손가락을 튕기며 물었다.

"참! 너 내가 진짜 사람인 건 어떻게 알고 이런 부탁을 하는 거야? 내가 AI면 어쩌려고."

지오가 씩 웃으며 말했다.

"너처럼 어디로 튈지 모르는 애가 AI일 리가 없잖아."

유나가 어깨를 한번 으쓱하고 말했다.

"칭찬이라고 생각할게."

"물론이야."

유나가 호수를 한번 빙 둘러보고 말했다.

"이제 다시는 여기 못 들어오겠네. 이 호수 맵 코드 복사해 놓길 참 잘했어. 아깝지만 스쿨버스 놀이터는 이제 안녕. 그럼 이제 가볼까."

지오와 유나의 아바타는 함께 스쿨버스 서버로 들어갔다.

드레이븐 이종 고등학교의 괴짜들

— 정명섭 —

"싫어! 싫다고!"

성혁이가 몸부림을 치면서 소리쳤다. 그러자 가정용 로봇 엔다인이 삑삑거리는 경고음을 냈다.

"심박수가 높아지고 있어요. 성혁 학생, 진정하세요."

"어떻게 진정하냐고! 요괴 학교에 가게 생겼는데."

"거긴 요괴 학교가 아니라 드레이븐 이종 고등학교입니다."

"뱀파이어랑 좀비, 거기다 늑대인간이랑 구미호까지 거기에 다니고 있잖아. 그러니까 요괴 학교지!"

이번에도 엔다인이 경고음을 냈다.

"데시벨이 경고 수준까지 높아졌습니다. 진정하세요."

"아, 진짜!"

성혁이는 욕설을 말하려다가 애써 참으며 거실을 빙빙 돌았다. 벽에 걸린 가족사진이 보였다. 성혁이가 어릴 때 찍은 사진으로 아버지와 어머니가 나란히 앉아있고, 그 가운데 선 성혁이가 멍한 표정으로 정면을 바라보고 있는 모습이었다. 어렴풋하지만 어린 시절에는 부모님의 사랑을 듬뿍 받고 자란 기억이 있다. 하지만 지금은 아니다. 어머니는 불치병으로 돌아가셨고, 아버지는 일이 너무 많아서 얼굴 보기도 힘들다. 물론 아버지가 열심히 일해서 번 돈으로 장만한 4.5세대 가정용 인공지능 로봇 엔다인이 있긴 하지만 말이다. 성혁이를 걱정한 아버지가 보호 기능을 잔뜩 집어넣은 인공지능 로봇은 그야말로 깐깐하고 고집스러운 보모가 되어버렸다.

성혁이가 계속 짜증을 내자 엔다인이 결국 가슴에 있는 디스플레이 화면을 켰다. 그러자 우주복을 입은 아버지의 모습이 보였다. 아버지의 엄격한 눈빛과 마주친 성혁이는 자기도 모르게 고개를 숙이고 몸을 움츠렸다. 벌써 엔다인에게 얘기를 들었는지 아버지는 너무나 한심하다는 듯이 성혁을 바라봤다.

"이종 학교에 안 간다고 떼를 쓴다며?"

"그게 아니라……."

"네가 지금 몇 살인지 모르는 거냐? 아니면 내가 멀리 있어서 이러는 거야?"

"그런 게 아니라, 저 진짜 가기 싫다고요."

"그럼 나랑 같이 달로 갈까? 거기에도 학교가 있긴 해."

"암스트롱 스쿨은 싫어요."

두 세기 전, 달에 처음으로 발을 디딘 닐 암스트롱의 이름을 딴 그 학교는 달에 일하러 간 사람의 아이들이 다니는 곳이다. 그곳에서 이 년 동안 있다 온 친구 다니엘의 얘기를 들은 적이 있는 성혁은 바로 고개를 저었다. 끔찍한 무중력을 이겨내기 위해 항상 자석 구두를 신어야 하고, 잠을 잘 때면 벨트로 몸을 묶은 다음에야 잘 수 있다고 했다. 거기다 걸핏하면 사고가 나고, 우주복을 입고 밖으로 나갔다가 사라진 사람들도 많다는 얘기까지 들은 터라 더 이상의 환상 같은 건 남아있지 않았다. 물론 대격변을 직접 겪은 사람 중에는 지구에 남아있지 못하고 떠난 사람들이 많았다. 아버지 친구 중에도 그때의 충격으로 인해 지구를 떠나서 달이나 화성을 떠돌면서 일하는 사람들이 적지 않았다. 지구에 남은 인류의 삶 역시 송두리째 바뀌었다. 그리고 성혁이는 그 변화를 몸소 겪는 중이다. 생각에 잠긴 성혁이에게 화면 속 우주복을 입은 아버지가 말했다.

"앞으로 우리는 그들과 함께 살아야만 해. 그러기 위해서는 일찍부터 그들을 만나서 적응해야 하고 말이다. 이번에 나랑 같이 달로 가는 직원 중에 사십 퍼센트가 이종이다. 옆의 동료도 그렇고."

화면이 잠시 옆으로 움직이고 아버지의 옆자리에 앉은 동료가 보였다. 면도를 하긴 했지만 털이 잔뜩 자란 흔적이 있고, 눈이 차가울 정도로 파란색인 걸 보면 늑대인간이 틀림없었다. 반갑다는 인사를 하는데 입 안에 톱니처럼 박힌 송곳니들이 보였다. 성혁이는 최대한 예의 바른 표정을 지었다. 이종들에게 적대감을 보이거나 모욕을 주면 차별금지법에 의해 처벌받게 되는데, 어린이나 청소년도 예외가 아니었다. 성혁이도 그 법 얘기를 귀가 따갑게 들어왔다. 아버지의 동료인 늑대인간은 다행히 화면에서 금방 사라졌다. 화면을 뚫어지게 바라보던 아버지가 말했다.

"충분히 상의하지 않은 건 미안하게 생각한다. 하지만 너는 이종 감수성이 너무 낮아서 두 번이나 경고받았어. 세 번째 경고를 받으면 어떻게 되는지 알지?"

"네."

시무룩해진 성혁이가 입을 삐죽 내밀었다. 지난달에 다익이 패거리와 어울려 다닌 게 문제였다. '인간 동맹'이라는 반이종 단체의 전자 유인물을 누군가 학교에 가져와 돌려보다가 들켰는데, 성혁이가 뒤집어쓴 것이다. 억울하다고 항변했지만, 증거가 없었다. 결국, 경고를 받게 되었다. 한숨을 쉰 아버지가 말했다.

"이종 학교에서 일정 기간 지내면 경고 하나가 없어져. 그러니까 싫어도 꾹 참고 다녀. 대신 거기서 사고를 치면 어떻게 되는지 알지?"

"알고 있어요."

그렇게 되면 학교에 다니지 못하고 집에서 홈스쿨링을 해야만 했다. 어머니가 없는 상태라 그건 불가능한 일이었기 때문에 아버지의 결정에 따를 수밖에 없었다. 성혁이가 수긍하자 아버지가 고개를 끄덕거렸다.

"이해해 줘서 고맙다. 아빠는 이번에 달에 가면 육 주 있다가 돌아갈 거야. 엔다인 말 잘 듣고, 말썽 부리지 마라. 잘 지내면 돌아갈 때 선물 사 갈게."

"알겠어요. 조심히 다녀오세요."

"오늘은 첫 등교라 무인 스마트카를 보냈다."

예상 밖의 선물에 성혁이의 눈이 번쩍 뜨였다.

"진짜요?"

"그래, 삼지전자의 최신 버전이다. 잘 타고 가고."

"이야! 고맙습니다. 그거 타보고 싶었는데."

"말썽 부리지 말고, 친구 잘 사귀어라."

"네!"

디스플레이 화면이 꺼지자 엔다인이 말했다.

"자율주행 무인 스마트카가 오는 중입니다."

"얼마나 걸려?"

"오 분 십칠 초 후에 문 앞에 도착합니다. 서두르세요."

"알았어. 내 옷 어딨어?"

"여기 있습니다."

엔다인의 옆구리가 열리자, 옷걸이에 걸린 교복이 보였다.

교복을 입고 위생 소독을 마치자마자 초인종이 울렸다. 성혁이는 문으로 신나게 뛰어갔다. 문을 열어준 엔다인이 따라 나오며 잔소리를 늘어놓았다.

"다른 환경이니까 절대적으로 조심하셔야 합니다."

"왜? 늑대인간이나 뱀파이어가 날 공격할까 봐?"

"아닙니다. 숫자로 따지면 재생자들이 더 많습니다. 물론 재사회화된 재생자들만 드레이븐 이종 고등학교에 들어갈 수 있지만 말입니다."

"알았어. 나 갔다 올게."

"다녀오십시오. 오늘 저녁은 호박파이로 준비하겠습니다."

다른 때 같으면 싫다고 한마디 했을 것이다. 하지만 스마트카를 탈 생각에 마음이 너그러워진 성혁이는 별말을 하지 않았다. 문 앞에는 삼지전자가 작년에 내놓은 야심작인 자율주행 무인 스마트카가 있었다. 개량된 여러 버전 중에 최신형이었다. 무엇보다 마음에 드는 건 바로 몸통에 칠해진 반짝거리는 검은색이었다. 이전 버전은 회색이라 확 차이가 났다. 스마트카의 문이 양쪽으로 열리면서 금속으로 된 발판이 펼쳐졌다.

"우와! 근사하네."

발판을 딛고 차에 올라타자, 조명이 자동으로 켜졌다. 카펫이 깔린 바닥은 푹신했고, 뒤쪽 좌석은 거의 침대처럼 눕혀지는 기능이 있었다. 거기다 탑승객 맞춤 조명이라서 성혁이가 좋아하는 보라색으로 조명 색이 바뀌었다. 신이 난 성혁이가 의자에 앉자마자 홀로그램이 켜졌다. 제복을 입은 여성 홀로그램이 입을 열었다.

“유성혁 님의 탑승을 진심으로 환영합니다. 제22번 구에 있는 드레이븐 이종 고등학교로 갑니다. 도착까지 소요 시간은 삼십사 분입니다.”

“최대한 천천히 갈 수 있어?”

“최저속도로 가면서 우회 코스를 이용하면 삼십구 분 정도 걸립니다.”

“그 정도면 충분해.”

“그럼 출발하겠습니다. 참고로 홀로그램 이미지는 성별은 물론 인종도 선택하실 수 있습니다. 이종들 가운데 하나로 선택하시겠습니까? 최신 버전으로 업데이트된 늑대인간도 있습니다. 선택하시겠습니까?”

“아, 아니. 괜찮아. 그대로 있어줘.”

“알겠습니다. 홀로그램 이미지는 그대로 유지하겠습니다.”

스마트카가 서서히 출발했다. 그러자 차 내부에 부착되어 있던 소형 로봇이 움직여 의자에 앉은 성혁이 앞에 섰다.

"음료를 드시겠습니까? 미성년이라 카페인이 든 커피류와 에너지 드링크류, 주류를 제외하고 고르실 수 있습니다."

과일 주스를 고른 성혁이 푹신한 의자 등받이에 몸을 파묻은 채 말했다.

"숏폼 보고 싶어. 요즘 인기 있는……."

"알겠습니다. 첫 번째 이용 시에는 의무적으로 이종 관련 영상을 보셔야만 합니다."

"뭐라고?"

"의회에서 통과된 이종 감수성 강화를 위한 조치입니다. 양해해 주시기를 바랍니다. 그럼 시작합니다."

"이렇게 일방적으로 하는 법이 어디 있어?"

성혁이의 볼멘소리를 깔끔하게 무시한 홀로그램은 인사를 하고 사라졌다. 그리고 잠시 어둠이 찾아왔다가 허공에 홀로그램 입체영상이 띄워졌다. 제목은 '대격변의 원인과 결과'였다. 그걸 본 성혁이가 입을 삐죽 내밀었다.

"학교에서도 이렇게 재미없는 제목으로는 안 가르치는데."

성혁이가 투덜거리거나 말거나 영상은 그대로 이어졌다. 원시인부터 시작해서 현대인으로 진화하는 인간의 모습이 화면에 보이고 내레이션이 들렸다.

인류는 이십이 세기에 접어들면서 대격변을 겪습니다. 과학기술이 발전하고, 인구가 증가하면서 여러 가지 문제가 발생하기 시작한 것입니다. 특히, 자원과 식량이 부족해지자 이십일 세기 중반부터 국가 간의 분쟁이 가속화됩니다. 거기에 기후 악화로 인해 각종 자연재해가 대규모로 발생했고, 코로나바이러스를 시작으로 한 각종 전염병이 창궐하면서 인류는 끝도 없는 고통의 시대를 맞이하게 됩니다. 이천백구십 년, 자원을 둘러싼 강대국들의 분쟁은 급기야 핵전쟁으로 이어졌습니다. 서로를 향해 발사한 핵무기 공격으로 인해 인류의 칠십 퍼센트가 소멸했고, 육지의 팔십일 퍼센트와 해양의 구십 퍼센트가 더 이상 생물이 살 수 없는 곳으로 변해버렸습니다. 대격변은 그렇게 시작되었죠.

성혁이는 지루하고 재미없다는 생각이 들었지만 어쩔 수 없이 참았다. 영상은 대격변 당시의 여러 모습과 설명으로 이어졌다.

핵무기의 공격을 받은 강대국 중 한 곳의 바이러스 연구소가 파괴되었고, 그곳에서 유출된 바이러스 탓에 죽은 사람들이 부활해서 살아있는 타인을 공격하는 '재생자'들이 생겨났습니다.

"재생자들이라니? 그냥 좀비지."

"좀비는 공식적인 명칭이 아닙니다. 사용에 주의해 주십시오."

다시 나타난 제복 입은 여성 홀로그램이 잠깐 주의를 준 뒤 영상이 다시 이어졌다.

재생자들의 공격으로 인해 인류는 한때 백만 명 정도만 생존할 만큼 위기에 처했습니다. 그때 나타난 것이 바로 이종들이었죠.

홀로그램 입체영상에는 늑대인간과 뱀파이어, 그리고 구미호 들의 모습이 보였다.

그들은 원래 존재를 드러내지 않은 채 조용히 살아왔지만, 재생자들의 공격으로 인류가 사라질 위기에 처하자, 과감하게 모습을 드러냅니다. 그리고 인간들과 함께 재생자들의 공격을 막아내죠. 어깨를 나란히 한 채 말입니다.

이 설명을 들은 성혁이는 얼굴을 찌푸렸다. 그들이 나타나서 함께 싸운 건 자신들의 먹잇감이었던 인간들이 멸종될 위기에 처했기 때문이었다. 그러니까 식량이 사라지는 걸 막기 위해서였지, 인간들을 위해서 나선 것은 아니었다. 그런데도 멍청한 인간들이 그걸 좋게 포장해 버린 것이다.

'인간들은 진짜 바보야.'

성혁이가 속으로 투덜거리는 사이, 영상에는 인간과 이종들이 힘을 합쳐서 재생자들을 물리치는 장면이 나왔다. 늑대인간들이 길고 뾰족한 손톱과 날렵한 몸을 이용해서 재생자들의 무리를 흩어버리면 뱀파이어들이 앞장서서 공격했다. 좀비만큼은 아니지만 뱀파이어 역시 재생 능력이 뛰어나고, 피만 있으면 움직일 수 있었기 때문이다. 구미호들은 재생자들을 홀려서 대열을 흩뜨리거나 혹은 절벽 같은 곳으로 유인해서 떨어뜨렸다. 그러면서 차츰 재생자들의 공세를 막아낼 수 있었다.

결국 십 년간의 전쟁 끝에 이천이백 년에 재생자들을 물리칠 수 있었습니다.

'물리치기는 무슨, 지금도 좀비들이 있는데 말이야.'

성혁은 속으로 계속 말대꾸를 했다.

그리고 인류와 이종들은 오염되지 않은 땅에 에코시티를 세워서 함께 지내게 되었죠.

거대한 방벽에 둘러싸인 에코시티가 홀로그램 입체영상으로 보였다. 이십일 세기에 사우디아라비아가 만들었던 네옴시티처럼 긴 줄 모양의 에코시티도 있고, 성혁이가 사는 곳처럼 원형으로 지은 곳도 있었다. 좀비들이 넘어올 수 없는 높은 방벽 안에서 인간과 이종들은 안전하게 지낼 수 있었다. 먹잇감이 없어진 좀비들은 나날이 그 숫자가 줄어들어서 삼십 년쯤 지나면 완전히 사라질 것이라는 희망적인 예측과 함께 설명이 이어졌다.

아울러 우주개발에 박차를 가해서 달과 우주공간에도 현재 약 육십만 명의 인류와 이종들이 거주하고 있습니다. 인류는 이종들이 함께 싸워준 것에 보답하는 의미로 인공혈액과 배양 고기, 내장 들을 만들어서 그들에게 공급해 주고 있습니다. 따라서 이종들이 인류를 공격하지 않고 공존할 수 있게 되었죠. 한편 재생자들에 대한 치료 약물이 개발에 성공했습니다. '리셋'이라고 불리는 이 약물을 복용하면 폭력성이 줄어들고, 이전의 기억이 사라집니다. 그래서 재생자들도 리셋으로 치료한 뒤, 재교육을 받고 인류와 함께 지내게 되었습니다. 대격변을 정의한 사회학자인 시랄 칸은 이를 두고 '멋진 화합의 시작'이라는 말을 남겼죠.

홀로그램 입체영상은 발사대에서 솟구치는 로켓을 보여주고 있다. 배경이 우주로 바뀌면서 우주정거장과 달의 정착지가 보였다.

그로부터 이십여 년이 지났습니다. 혼란이 사라지고 화합과 조화가 자리 잡았습니다. 에코시티에서는 인간과 이종들이 함께 살아가고 있습니다. 이제 전쟁과 살육은 사라졌습니다.

무장한 군인과 늑대인간, 뱀파이어, 구미호가 겁에 질린 여성과 아이들을 든든하게 지켜주는 장면을 마지막으로 영상이 끝났다. 대격변에 관한 영상이 끝나자, 제복을 입은 여성 홀로그램이 나타나 물었다.

"요청하신 숏폼 영상을 보여드릴까요?"

"아니, 괜찮아. 그냥 좀 잘래."

"십구 분 후 도착 예정이라 바이오리듬상 수면은 추천하지 않습니다."

"좀 잔다고."

성혁의 목소리가 높아지자, 홀로그램이 대답했다.

"불을 끄고 취침 모드로 주행하겠습니다."

불이 꺼지자, 성혁이는 의자에 몸을 파묻었다. 그리고 억지로 잠을 청했다.

십팔 분 후, 불이 켜지면서 도착 일 분 전이라는 메시지가 흘러나왔다. 천천히 속도가 느려지는 가운데 아까 나왔던 제복을 입은 여성 홀로그램이 다시 나타나서 인사를 했다.

"저희 서비스를 이용해 주셔서 감사합니다. 그럼 안녕히 가십시오."

스마트카가 멈추고 나서 문이 열렸다. 가방을 챙긴 성혁이는 발판을 딛고 차에서 내렸다. 문이 닫힌 스마트카는 빠른 속도로 사라졌다. 한쪽 어깨에 가방을 메고 고개를 들어서 학교를 바라봤다. 에코시티는 방벽으로 둘러싸인 곳이라 건물들이 다들 높은 편이었다. 그중에서도 거대한 콘크리트 기둥에 전망탑 같은 게 붙은 형태인 드레이븐 이종 고등학교의 건물은 더욱더 특이했다. 대격변 이전을 다룬 숏폼 드라마에서 본 영상을 떠올린 성혁이가 중얼거렸다.

"남산타워랑 닮은 것 같기도 하고?"

그때, 학교의 정문이 자동으로 열리기 시작했다.

"이크!"

흠칫 놀란 성혁이는 학교 건물 일 층에 있는 문이 열리는 걸 바라봤다. 그리고 노란 머리를 한 누군가가 뛰어오는 걸 보고 고개를 갸웃거렸다.

'로봇이 아닌 거 같은데?'

이십일 세기 후반이 되면서 인공지능이 탑재된 로봇이 일상 곳곳에서 다양하게 사용되었다. 대격변 이후에도 상황은 비슷해서 상당수의 일은 인간이나 이종 대신 로봇이 맡았다. 그래서 학교 같은 공공시설의 관리도 로봇이 하는 경우가 많았다. 성혁은 당연히 로봇이 마중을 나오거나 인공지능의 안내를 받을 것이라고 예상했다. 그런데 뜻밖의 상황과 마주한 것이다. 게다가 가까이 다가온 노란 머리는 사람이 아니었다.

"느, 늑대인간?"

노란 머리에 푸른 눈을 가진 늑대인간은 성혁이 또래였는데 머리가 좀 컸다. 보통 면도를 하는 다른 늑대인간들과는 달리 온몸이 털로 덥수룩했다. 녹색의 교복을 입었는데 오른쪽 가슴에는 드레이븐 이종 고등학교라는 이름이 적혀있었다. 가까이 다가온 노란 머리의 늑대인간은 다짜고짜 성혁에게 코를 들이대고 킁킁거리며 냄새를 맡았다.

'뭐, 뭐 하는 거야?'

물론 입 밖으로 항의하지는 않았다. 축축한 코 아래 송곳니

가득한 입이 보였기 때문이다. 선 채로 벌벌 떨고 있는 성혁이의 귀에 낯선 목소리가 들렸다.

"엉클! 그만해. 얘 오줌 싸겠다."

안 그래도 살짝 찔끔거린 성혁이는 그 말에 깜짝 놀랐다. 게다가 목소리의 주인공은 교복을 크롭티처럼 고쳐서 입은 또래의 여학생이었다. 큼지막한 눈이 너무 반짝거려서 똑바로 바라보기 어려울 정도였다. 가까이 다가온 여학생이 그런 성혁이를 보고 웃었다.

"어머, 귀여워."

"고, 고마워. 오늘 전학 온 유성혁이라고 해."

"온다는 얘기 들었어."

자연스럽게 한 걸음 뒤로 물러난 노란 머리 늑대인간이 낮게 으르렁거렸다. 머리카락이 곤두설 정도의 무서움에 성혁의 얼굴이 굳어졌다. 그러자 여학생이 다시 노란 머리 늑대인간에게 말했다.

"이제 그만해. 지난번처럼 그대로 돌아가면 어쩌려고?"

그러자 엉클이라고 불린 늑대인간이 말했다.

"걔는 멍청이에 겁쟁이라서 어차피 오래 못 버텼을 거야."

"그럼 얘는?"

여학생의 물음에 늑대인간이 대답했다.

"최소한 배짱은 있는 거 같아."

"나도 같은 생각이야."

싱긋 웃은 여학생은 성혁이의 어깨를 툭 쳤다.

"전학 온 걸 환영해. 인간."

그러고는 돌아서서 학교를 바라봤다.

"전학 도우미로서 친절하게 안내해 줄게."

"전학 도우미?"

가까스로 정신을 차린 성혁이의 물음에 여학생이 웃으며 말했다.

"응. 중간에 전학 온 학생이 잘 적응할 수 있도록 돕는 역할을 하는 거지."

대답을 들은 성혁이는 지금까지는 별로 도움이 안 되었다고 생각했다. 그러자 여학생이 획 돌아보며 말했다.

"너 지금 속으로 별로 도움이 안 되고 있다고 생각한 거지?"

속마음을 들킨 성혁이는 격하게 고개를 가로저었다.

"아, 아니야."

"아니긴, 구미호가 사람을 어떻게 홀리는지 알아?"

"모, 모르지."

여학생은 매니큐어가 칠해진 손톱으로 성혁이의 턱을 살짝 들어 올리며 대답했다.

"속마음을 알아차리기 때문이지. 그래서 홀리는 게 가능해."

"모, 몰랐어."

"매번 설명하는 게 지겹지만, 엄마랑 몰래 숨어서 살던 것보다는 훨씬 나아."

신세 한탄인지 뭔지 모를 얘기를 한 뒤, 여학생은 학교를 가리켰다.

"따라와. 학교를 소개해 줄게. 참, 내 이름은 아르테미스야."

여학생의 이름을 들은 성혁이가 물었다.

"구미호인데 외국 이름이네?"

"다들 그렇게 생각해서 바꿔봤어. 이전 이름은 임미숙이었어."

"아, 지금이 훨씬 낫네."

성혁이의 대답을 들은 아르테미스가 입꼬리를 올리며 웃었다.

"임미숙 이전에는 옥화당 마님의 둘째 딸이었고 말이야."

그제야 구미호의 수명이 굉장히 길다는 걸 떠올린 성혁이는 자기도 모르게 고개를 끄덕거렸다. 늑대인간은 여전히 성혁이 곁에서 킁킁거렸다. 문 앞에 선 아르테미스가 홍채 인식 장치에 눈을 갔다 대며 덧붙였다.

"네 냄새 맡는 늑대인간은 아까 들은 대로 엉클이야."

"아저씨라는 뜻이잖아?"

"생긴 게 아저씨 같고 말투도 그래서 다들 엉클이라고 불러."

"아, 그렇구나."

"너는 꿈이 뭐야?"

"나?"

예상 밖의 질문에 성혁이는 주저하다가 대답했다.

"에코시티를 지키는 군인이 되고 싶어. 너는?"

"해볼 건 다 해봤고, 우주에 나가는 게 꿈이야. 현재로서는 불가능하지만 말이야."

"왜? 능력은 부족할 거 같지 않은데?"

홍채 인식 장치에서 삑 소리가 나면서 문이 열렸다. 문 앞에 선 아르테미스가 엉덩이에서 꼬리 아홉 개를 부채처럼 펼쳤다.

"지금 나온 우주복으로는 꼬리 아홉 개까지 감쌀 수는 없어서 말이야."

부채처럼 꼬리를 팔랑거린 아르테미스가 안으로 들어갔다. 그러면서 정중하게 말했다.

"드레이븐 이종 고등학교에 온 걸 환영해."

바닥에는 정신이 나갈 것 같은 체크무늬의 타일이 깔려 있었고, 천장은 높았다. 밖에서 볼 때 창문이 많지 않아 내부가 어두울 줄 알았는데 조명을 많이 켜놔서 완전히 어둡지는 않았다. 그래도 굳이 창문을 안 만들고 조명을 쓸 이유는 없다고 생각했는데, 아르테미스가 불쑥 말했다.

"좀 어둡지? 뱀파이어들 때문에 그래."

"걔들 때문에?"

"응. 특수 개발된 선글라스를 끼고 햇빛 차단제를 바르긴 하지만 그래도 빛을 좋아하지는 않잖아. 그래서 조명을 어둡게 하는 편이야."

성혁은 "그렇구나"라고 대답하면서 주위를 둘러봤다. 밖에서 본 기둥 같은 부분이 학교의 로비인데 높은 천장에 위로 올라가는 계단과 엘리베이터, 그리고 여러 개의 문이 보였다. 수많은 체크무늬로 혼란스러운 바닥과 달리 벽은 차분한 회색이었다. 그리고 교복을 입은 학생들이 옆으로 스쳐 지나갔는데 절반은 인간이고, 나머지 절반은 이종이었다. 숏폼으로만 봤던 이종들을 직접 눈으로 보게 되자, 성혁은 바짝 겁을 먹었다. 이십일 세기의 인터넷에 해당하는 유로넷에 퍼져있는 온갖 소문이 떠올랐기 때문이다. 인공혈액은 맛이 없다면서 인간을 은밀히 사냥하는 뱀파이어나 어린아이를 유인해서 내장을 빼 먹는 구미호 가족에 관한 것이었다. 자칭 인류의 수호자라는 사람들이 주로 유로넷에 퍼트리는 내용이었고, 성혁이는 이 소문들을 철석같이 믿었다. 그래서인지 마치 괴물들이 나오는 던전(지하 감옥, 주로 온라인 게임에서 몬스터들이 모여 있는 소굴) 한복판에 떨어진 느낌이었다. 우물쭈물하고 있던 성혁이의 머리 위로 박쥐 한 마리가 날아든 건 바로 그때였다.

"바, 박쥐?"

아무리 어둡다고는 해도 벌건 대낮에 박쥐가 사람들 많은 곳에 날아다니는 게 믿기지 않았다. 머리 위에서 팔랑거리는 박쥐에게 아르테미스가 말했다.

"동식아. 뭐 해!"

그러자 펑 하는 소리와 함께 연기가 피어올랐고, 박쥐는 사람으로 변했다. 교복에 망토를 두른 창백한 얼굴의 남학생은 냉담한 눈으로 성혁이를 바라봤다.

"전학생인가?"

고고하고 자만심 넘치는 남학생의 말투에 옆에 있던 아르테미스가 날카로운 목소리로 대답했다.

"야! 학교에서는 변신 금지잖아."

"어차피 아무도 안 지키는데 뭘? 쟤도 어제 늑대로 변해서 옥상에서 달리던데?"

동식이의 말을 듣고 아르테미스가 엉클이라고 불리는 늑대 인간을 바라봤다. 엉클은 큰 머리를 긁적거리며 고개를 숙였다. 그 모습을 한심하다는 눈길로 바라보던 아르테미스가 성혁의 어깨에 손을 올렸다.

"새로 온 전학생이야. 이쪽은 고동식."

"아이 진짜. 샤르미넨 루이스 오르테가 삼세가 내 진짜 이름이야. 역사 깊고 뼈대 있는 집안이라고."

"그거 다 들켰으면서 아직도 고집부리는 거야?"

"고집이라니! 우리 유서 깊은 오르테가 가문은……."

"그건 맞는데, 네가 그 집안 사람 아니라는 거 우린 이미 다

안다고."

"거짓말이야. 나는 오르테가 가문의 후계자라고."

둘의 이상한 입씨름을 지켜보는데 조용히 있던 엉클이 갑자기 킁킁거리며 냄새를 맡았다. 질겁한 성혁에게 엉클이 더듬거리며 말했다.

"미안. 이상한 냄새가 나는지 안 나는지 확인한 거야."

"이, 이상한 냄새라니?"

발끈한 성혁의 물음에 엉클은 나란히 지나가는 남학생 둘을 바라봤다.

"재들 같은 냄새가 나는지 확인한 거야."

좀 떨어져 있긴 했지만, 두 남학생은 엉클의 얘기를 들었는지 거의 똑같이 고개를 돌렸다. 그걸 본 성혁이가 중얼거렸다.

"좀비, 아니 재생자들이네."

두 남학생은 성혁이 쪽으로 성큼성큼 걸어왔다. 재생자는 신체가 부패하기 때문에 재사회화가 된 이후에도 관절이 제대로 움직이지 않는 경우가 많았다. 두 남학생도 마찬가지인지 팔과 다리가 로봇처럼 어색하게 움직였다. 마치 둘이 하나인 것처럼 움직이며 가까이 오자, 엉클은 성혁이 뒤로 물러났다. 늑대인간인 엉클은 외모를 보면 둘이랑 싸워도 될 것 같은데, 막상 재생자가 다가오자 겁이 난 것 같았다. 그걸 본 성혁이는 고개를 절레절레 저었다.

'다들 이상하네.'

그사이에 코앞까지 다가온 두 남학생이 성혁이를 바라봤다. 재생자 특유의 창백하고 흐릿한 눈동자를 가까이서 보자 속이 메슥거렸다. 이종 중에서도 특히 재생자들에 대해서는 아직도 거부감이 있는 이들이 많다. 그런 재생자가 둘이나 바짝 얼굴을 들이대고 있으니, 성혁이 심기가 편치 않았다. 그때 다행히 동식이와 얘기를 나누던 아르테미스가 끼어들었다.

"무슨 일이야?"

그러자 둘 중 오른쪽에 서있던 재생자가 말했다.

"엉클이 우릴 보고 뭐라고 했어."

"뭐라고 했는데?"

"뭔지는 모르겠지만, 좋은 얘기는 아닌 거 같아."

"추측만으로 남을 몰아세우면 안 되지."

아르테미스의 반박에 재생자는 성혁이 뒤에 숨어있는 엉클을 쳐다보며 말했다.

"재는 찔리는 게 있으면 항상 숨거든. 지금처럼 말이야."

"확실하지도 않으면서 그러지 마. 억울하면 학생 법정에 신청하든가."

아르테미스의 말에 이번에도 오른쪽에 있던 재생자가 힘주어 말했다.

"거긴 우리들을 싫어하니까 원하는 판결을 내려주지 않잖아. 조심 좀 했으면 좋겠어."

"지금 협박하는 거야?"

아르테미스가 발끈하자, 재생자 남학생이 차갑게 웃었다.

"드레이븐 이종 고등학교에 다니는 이종의 절반이 재생자들이라는 거 잊지 마."

"숫자는 항상 너희들의 무기지. 하지만 여긴 교칙과 규율로 통솔되는 곳이야. 에코시티 바깥과는 달리 말이지."

아르테미스의 말에 재생자가 웃음을 멈췄다.

"이번에는 그냥 넘어가지. 하지만 또 걸리면 나랑 왼쪽이 모두 가만있지 않을 거야."

그러고는 곧장 성혁이를 돌아봤다.

"드레이븐 이종 고등학교에 온 걸 환영해."

"어, 고마워."

"나는 오른쪽이고, 얘는 왼쪽이야."

왼쪽이라고 불린 재생자가 한쪽 손을 어색하게 들었다. 성혁이 역시 어색하게 웃으며 따라서 손을 들었다. 재생자 둘은 동시에 돌아서서 가던 길을 갔는데 발걸음과 손동작이 마치 한 사람처럼 똑같았다. 방금 전까지 긴장감에 숨도 못 쉬고 있던 성혁이는 그 모습을 보고 하마터면 크게 웃을 뻔했다. 그런 성혁에게 아르테미스가 말했다.

"오른쪽이와 왼쪽이는 조심하는 게 좋을 거야."

"왜?"

"학교에 있는 재생자들의 우두머리라서 말이야. 아까 오른쪽이 말대로 이종 재학생의 절반은 재생자니까."

"근데 쟤들 쌍둥이야?"

"몰라. 재생자들은 이전의 신분이나 이름에 대해서는 알 수 없잖아."

"그렇긴 해도, 저렇게 한 몸처럼 움직이는 건 되게 웃긴데?"

"처음 들어올 때부터 그랬어. 네 말대로 쌍둥이라고 해도 지나치게 붙어 다니잖아. 소문에는……."

말을 멈추고 주변을 살피던 아르테미스가 작게 속삭였다.

"서로의 뇌를 먹어서 그런 거 같대."

"뇌를 공유한 거야?"

성혁이가 믿기지 않는다는 표정으로 묻자, 아르테미스가 얼굴을 찌푸린 채 고개를 저었다.

"몰라. 설마 뇌를 바꿔치기했다고 해도 저렇게 데칼코마니처럼 다니지는 못할 거야."

"그렇긴 하지."

"나도 궁금한데 재생자들의 과거는 물을 수 없잖아. 거기다 쟤들은 마음을 꽁꽁 싸매고 있어서 그런지 속마음도 읽지를 못하겠어."

"하긴."

재생자들의 재사회화에서 가장 큰 문제는 이전에 벌인 살인이었다. 물론 사람이 아니었을 때 벌어진 일이긴 했다. 재생자, 그러니까 좀비였을 때는 의식이 없고 본능만 남은 상태였기 때문이다. 따라서 그때의 죄를 물을 수 없다는 법적 판결이 내려졌고, 재생자들의 재사회화를 위해서는 처벌을 할 수 없다는 결론이 나왔다. 하지만 그냥 넘어갈 수 없다는 의견도 적지 않았다. 가족을 잃은 피해자들을 중심으로 재생자들을 에코시티 밖으로 추방해야 한다는 주장이 제기됐다. 예전의 인터넷에 해당하는 유로넷에서 '수호자'라고 자청하며 활동하는 인물을 중심으로 이런 주장이 폭넓게 퍼져 있었다. 이처럼 여러 가지 이유가 겹쳐서인지 뱀파이어, 늑대인간, 구미호 등 다른 종에 비해서 재생자들에 대한 시선은 그다지 좋지 않았다.

성혁이와 아르테미스가 이런 대화를 하는 와중에도 자신을 샤르미넬 루이스 오르테가 삼세라고 주장하는 고동식은 성혁에게 손을 내밀었다.

"만나서 반가워. 전학생."

"어, 고마워. 오르테가."

동식이보다는 오르테가라는 이름이 더 잘 어울리는 것 같아서 그렇게 불러줬는데 당사자가 너무 기뻐했다. 그러자 아르테미스가 팔짱을 끼며 말했다.

"사회생활을 할 줄 아네."

단단히 각오를 하고 왔지만, 시작부터 뭔가 정신없는 시간이 지났다.

그때, 로비 전체를 울리는 벨 소리가 들렸다. 그러자 삼삼오

오 모여서 떠들거나 장난을 치던 아이들이 일제히 흩어졌다. 놀란 성혁이가 방금 인사한 오르테가에게 물었다.

"왜 저러는 건데?"

하지만 오르테가는 대답하는 대신 박쥐로 변신해서 날아가 버렸다. 옆에 있던 엉클도 갑자기 네 발로 달리더니 벽을 타고 위쪽으로 올라가 버렸다. 삽시간에 모두 그렇게 사라지고, 남은 이는 성혁이와 아르테미스뿐이었다.

"무슨 일이냐고?"

성혁이의 물음에 아르테미스는 심드렁하게 대꾸했다.

"조회 시간이야."

"그럼 우리도 빨리 가야 하는 거 아니야?"

"따라와."

여유롭게 대답한 아르테미스는 벽 쪽으로 걸어가서는 박수를 두 번 쳤다. 그러자 벽이 열렸다. 안으로 들어간 아르테미스가 멍하게 서있는 성혁에게 물었다.

"어서 오지 않고 뭐 해?"

"여긴 뭔데?"

"비상 통로."

성혁이가 떨떠름해하면서 들어가자, 아르테미스는 위쪽을 바라봤다. 그러자 벽이 닫히고 공간이 서서히 올라갔다. 놀란 성혁이가 벽을 짚으면서 말했다.

"통로라며?"

"위쪽으로 움직인다고 얘기하는 걸 깜빡했네."

배시시 웃는 아르테미스를 보며 성혁이는 이곳에서의 생활이 예상과는 많이 다르겠다고 생각했다. 그러자 아르테미스가 눈빛을 반짝거렸다.

"너, 지금 학교생활이 골 때릴 것 같다고 생각했지?"

"아니야."

"맞는 거 같은데?"

이번에도 배시시 웃은 아르테미스는 문이 열리자마자 뛰어나갔다. 성혁이도 허둥지둥 뒤따라서 뛰었다. 불길하게도 복도에는 아무도 보이지 않았다. 아르테미스는 근처에 있는 교실로 뛰어 들어갔고, 다행히 성혁이도 뒤따라 들어갔다. 들어가자마자 문이 자동으로 닫혔다.

"헉! 헉! 못 들어올 뻔했네."

터질 것 같은 가슴을 부여잡고 서있는데, 어느새 자리에 앉은 아르테미스가 자기 옆자리에 앉으라고 손짓했다. 다들 성혁이를 쳐다봤다. 학생 절반이 이종이었고, 그 중 또 절반은 재생자들이었다. 각양각색의 시선을 느끼면서 아르테미스의 옆자리에 앉았다. 무슨 향수 같은 걸 썼는지 은은한 꽃 냄새 같은 게 났다. 교실은 원래 다니던 고등학교와 별 차이가 없었다. 다만, 뱀파이어들 때문인지 햇빛이 잘 들어 오지 않았다. 앉아서 숨을 고르다가 이상하다는 생각이 들었다.

"선생님은?"

조회 시간이라고 해서 선생님이 계실 줄 알았는데 아무도 안 보였다. 대답 없는 아르테미스를 째려봤다.

"전학생이라고 장난친 거야?"

"설마. 이미 와 계셔."

"어디?"

교실 뒤쪽까지 살펴봤지만 역시 보이지 않았다. 벽과 천장에도 선생님이 계실만한 공간이 보이지 않았다. 그래서 다시 아르테미스를 쳐다봤다. 아르테미스는 씩 웃으면서 앞쪽을 바라봤다.

"저기 계셔."

"없잖아. 저긴 칠판이랑 교탁……."

성혁이의 말이 채 끝나기도 전에 지이잉 하는 소리와 함께 교탁이 흔들렸다.

"뭐, 뭐야?"

놀란 성혁이를 본 아르테미스가 키득거렸다. 그사이에 교탁에서는 팔과 다리가 나오고 머리도 튀어나왔다. 그걸 본 성혁이가 넋이 나간듯한 말투로 중얼거렸다.

"교탁이 로봇이었네?"

"로봇이 아니라 우리 선생님이야. 별명은 골렘이지만 선생님 앞에서는 얘기하지 마. 기분 나빠하시거든."

그사이, 변신을 마친 로봇 선생님의 안면 디스플레이에서 눈동자가 보였다. 사람처럼 껌뻑거리는 눈동자로 교실의 학생들을 살펴보던 골렘 선생이 말했다.

"좋은 아침입니다. 오늘은 전학 온 학생이 있어서 먼저 소개하도록 하겠습니다. 유성혁 학생은 일어나도록."

전자음 특유의 발랄함 대신 선생님다운 엄격한 목소리가 들렸다. 어색하게 일어선 성혁이를 본 골렘 선생이 말했다.

"오랜만에 인간 학생이 전학을 왔습니다. 다들 잘 챙겨주고 도와줘서 학교생활에 적응할 수 있도록 해주길 바랍니다. 알겠죠?"

그러자 학생들은 각자의 방식으로 대답했다. 늑대인간은 우우 하는 울음소리로, 뱀파이어는 송곳니를 드러내며 예의 바르게 웃으며 대답했다. 재생자들은 성대가 회복되지 않았는지 낮은 목소리로 대꾸했다. 학생들의 대답을 들은 골렘 선생이 서있는 성혁이를 바라봤다.

"아르테미스를 짝꿍으로 삼아주려고 했는데 마침 거기 앉아 있구나. 성혁아, 이제 네 자리는 거기다."

"아, 알겠습니다."

"그리고 나는 항상 여기 있으니까, 고민이 있거나 물어볼 게 있으면 언제든지 와라. 알았지?"

"네."

"다시 한번 우리 학교에 온 걸 환영한다. 자리에 앉아라."

고개를 꾸벅 숙인 성혁이는 아르테미스 옆자리에 앉았다. 은근한 눈길로 쳐다보는 아르테미스도 부담스러웠지만 바로 옆에 앉은 엉클의 시선도 꺼림칙했다. 그 밖에 다른 학생들도 성혁이를 힐끔힐끔 쳐다봤는데, 꼭 먹잇감을 바라보는 눈길처럼 느껴졌다. 골렘 선생은 몇 가지 얘기를 한 뒤 마지막에 이 말을 덧붙였다.

"지난번에도 얘기했지만, 인간들과 불필요한 시비가 붙으면 안 돼. 만약에 시비를 거는 학생이 있으면 절대로 직접 나서서 해결하려고 하지 마라. 그건 문제의 해결이 아니라 시작이니까 말이다."

엄격하게 주의사항을 남긴 골렘 선생은 이따가 보자는 말을 남기고 다시 교탁으로 변신했다. 그걸 본 성혁이가 아르테미스에게 물었다.

"여긴 선생님이 다 로봇이야?"

"거의. 네가 다닌 학교는 아니었어?"

"있긴 했지만, 로봇은 보조 교사였어."

만만치 않은 이종들은 물론이고, 로봇 선생님까지. 여러모로 이전의 학교와 다르다는 생각에 머리가 아파졌다. 잠시 후, 벨소리가 다시 들리자, 학생들은 기다렸다는 듯 후다닥 일어났다. 놀란 성혁이가 아르테미스에게 물었다.

"왜?"

"일 교시 시작이야."

"그런데 왜 일어나는데?"

"체육 시간이야. 얼른 체육복으로 갈아입어."

"일 교시부터 체육이라고?"

"어, 우리 학교는 운동장이 작아서 일 교시부터 해."

아르테미스가 크롭티에 가까운 교복의 단추를 푸는 걸 본 성혁이는 기겁하면서 일어났다. 그런 성혁이에게 아르테미스가 말했다.

"교실 뒤 사물함 이십일 번에 네 체육복 있을 거야. 뒤쪽에 갈아입는 곳도 있어."

성혁이는 곧장 뒤쪽으로 가서 이십일 번 사물함을 열었다. 서둘러 체육복을 꺼내려고 하는데 안에서 뭔가가 튀어나와 얼굴에 들러붙었다.

"으악!"

놀란 성혁이는 얼굴에 달라붙은 걸 부랴부랴 떼어내려고 했다. 하지만 그럴수록 더 바짝 달라붙어서 숨도 제대로 쉴 수가 없었다. 바닥에 쓰러진 성혁이는 힘이 점점 빠져갔다. 유로넷에서 들었던 음모론이 모두 사실이었다는 생각이 들었다.

'이런 식으로 인간을 유인해서 잡아먹…….'

그 순간, 갑자기 얼굴에 들러붙은 게 떨어졌다. 그걸 한 손에 들고 있는 학생은 아르테미스였다. 반짝거리는 눈빛을 한 아르테미스가 말했다.

"어때? 환영식 마음에 들어?"

"화, 환영식?"

"그래, 전학생을 위한 특별 이벤트!"

고개를 돌려 주변을 보니 아까 정신없이 움직이던 반 학생들이 다들 서서 성혁이를 쳐다보고 있는 게 보였다. 그리고 성혁이의 어리둥절한 표정에 모두 웃느라 뒤집어졌다. 미친 듯이 웃는 학생들을 보고 허탈해진 성혁이는 아르테미스를 바라봤다. 살짝 미안한 표정을 짓고 있었다.

"그건 뭔데?"

"파티 용품이야. 선물인 척 포장해서 건네주면 꺼내다가 얼굴에 들러붙는 끈끈이."

파란색 끈끈이를 보여준 아르테미스가 손을 내밀었다.

"놀려서 미안. 진짜 체육 시간 맞으니까 일어나."

삐진 성혁이는 아르테미스가 내민 손을 잡지 않고 혼자 일어났다. 그리고 사물함 안에 있는 체육복을 들고 뒤쪽의 갈아입는 곳으로 갔다.

체육복으로 갈아입고 나니 뒷문에서 기다리던 아르테미스가 손가락을 까닥거렸다. 복도로 나가자, 체육복을 입은 아이들이 복도 끝에 있는 엘리베이터 쪽으로 걸어가는 게 보였다. 여러 대가 있어서 금방 탈 수 있었다. 그런데 내려가는 게 아니라 올라갔다. 위쪽을 쳐다본 성혁이가 아르테미스에게 물었다.

"왜 위로 올라가?"

"운동장이 옥상에 있거든."

"그러고 보니 아까 학교에 들어올 때 운동장이 보이지 않았어."

"똑똑하네. 나는 똑똑한 남자가 좋더라."

아무런 대답도 못 하고 있는데 아르테미스가 윙크했다. 문이 열리자 넓은 잔디밭과 펜스, 그리고 구석에 서있는 가드용 로봇들이 보였다. 체육 선생님도 로봇일까 걱정했는데 다행히 인간이었다. 하지만 오른쪽 팔과 다리가 모두 웨어러블 기능이 있는 의수, 의족이었다. 거기에 한술 더 떠 문신 같은 모양의 페인팅도 했다. 붉은색 모자에는 참전 용사를 뜻하는 로고가 새겨져 있었다. 그래서인지 오십 대로 보이는 외모와 달리 몸의 근육은 짱짱했다. 엘리베이터에서 학생들이 우르르 내리자 지켜보고 있던 체육 선생님이 큰 소리로 외쳤다.

"어서 오너라. 게으름뱅이와 굼벵이! 뭐라고?"

아이들이 일제히 소리쳤다.

"게으름뱅이와 굼벵이입니다."

"그래, 잘 왔다. 이제 피구를 할 시간이다. 뭘 한다고?"

"피구요!"

학생들의 우렁찬 목소리가 마음에 들었는지 흡족한 미소를 지은 체육 선생님이 외쳤다.

"게으름뱅이들은 오른쪽, 굼벵이들은 왼쪽이다. 서둘러!"

게으름뱅이와 굼벵이로 불린 학생들은 발 빠르게 움직였다. 오늘 학교에 처음 와서 자기가 게으름뱅이인지 굼벵이인지 모르는 성혁이는 아르테미스에게 다급히 물었다.

"나는 게으름뱅이야, 굼벵이야?"

그러자 아르테미스가 바로 대꾸했다.

"굼벵이보다는 게으름뱅이가 낫잖아. 따라와."

얼떨결에 아르테미스를 따라서 게으름뱅이팀에 합류했다.

그러자 체육 선생님이 바로 공을 던졌다.

"시작해라. 전학생."

"네"라고 대답하며 가슴 쪽으로 공을 잡은 성혁이는 자기도 모르게 비명을 질렀다.

"억!"

공이 겉보기와는 달리 너무 무겁고 딱딱했다. 성혁이가 비틀거리자, 체육 선생님이 기계 다리를 움직여서 성큼성큼 다가왔다.

"이런 게으름뱅이 같으니! 공을 잡았으면 얼른 던져야지!"

"아, 알겠습니다."

호통에 놀란 성혁이는 두 손으로 공을 잡고 힘껏 던졌다. 하지만 무거운 공은 간신히 금을 넘어가서 재생자 남학생인 오른쪽이 앞에 떨어졌다. 오른쪽이는 천천히 공을 들어서 다시 성혁에게 던졌다. 손이 너무 느려서 어디로 날아올지 예측이 가능했다. 성혁은 고개를 숙여서 공을 피했는데, 뒤에 있던 엉클은 날아온 공에 얼굴을 맞고 말았다. 퍽 하는 소리가 너무 크게 나는 바람에 성혁이는 화들짝 놀랐다.

"괜찮아?"

하지만 엉클은 얼굴에 공을 처박은 채 그대로 서있었다.

"어, 어떻게 된 거지?"

조심스럽게 옆으로 돌아가 보니 공이 엉클의 이빨에 박혀있는 게 보였다. 옆에 있던 아르테미스가 짜증을 냈다.

"엉클, 그거 반칙이라고 했잖아. 아웃은 아니지만 점수를 빼앗긴다고!"

"미, 미안."

엉클이 이빨에서 공을 손으로 잡아뺐다. 그러자 구멍이 난 공은 바닥에 힘없이 떨어졌다. 그 모습을 본 체육 선생님이 소리쳤다.

"굼벵이팀 일 점!"

앉아서 점수를 딴 굼벵이팀은 신이 나서 방방 뛰었고, 게으름뱅이팀은 낙담했다. 하지만 승부욕이 발동한 성혁이가 새 공을 집으면서 말했다.

"금방 점수 딸게."

공은 여전히 무거웠지만 성혁이는 머리를 썼다. 어깨 위가 아니라 아래로 던지는 언더핸드 방식으로 공을 던졌다. 대부분 머리 높이에서 내리꽂히는 공의 궤적을 감안하고 움직이기 때문에 아래로 오는 공은 잘 피하지 못했다. 상체보다는 하체를 피하는 것이 더 어색하고, 특히 관절이 약한 재생자들은 더더욱 그러했다. 오른쪽이는 잘 피했지만 따라서 움직이던 왼쪽이가 다리에 공을 맞고 말았다. 게으름뱅이팀은 환호성을 질렀다. 공을 망가트리고 점수도 헌납한 엉클이 특히 기뻐했다. 아직도 송곳니와 털이 보기에 어색했지만, 아까만큼 심한 거부감은 들지 않았다. 체육 선생님이 성혁이를 칭찬했다.

"그래, 저렇게 해야 해. 한계가 있으면 그걸 극복하려고 노력해야지. 포기하면 안 된다. 다시 시작!"

공격권은 점수를 잃은 굼벵이팀에게 넘어갔다. 공을 받은 오른쪽이는 이리저리 겨누다가 성혁이처럼 아래로 공을 던졌다. 하지만 어느 정도 예상했던 성혁이는 두 발을 쩍 벌린 채 뛰어서 공을 흘려보냈다. 하지만 뒤쪽에 있던 굼벵이팀의 공격수가 잡아서 다시 던진 공에 등을 맞고 말았다.

"젠장!"

쓰라린 통증 때문에 성혁이는 얼굴을 찡그리며 밖으로 나갔다. 아르테미스가 복수해 주겠다고 말하면서 윙크했다. 그다음에는 오르테가가 죽어서 나왔다. 망토로 얼굴을 감싼 오르테가가 옆에 서서 투덜거렸다.

"쪽팔려."

"귀족이면 점잖은 말 써야 하는 거 아니야?"

"솔직히 말하면, 뻥이야."

"뭐가?"

"내가 귀족의 후손이라는 거."

"진짜?"

놀란 성혁이의 물음에 오르테가가 코를 찡긋거렸다.

"사실 서울 토박이야. 외국은 가본 적도 없어."

"그런데 왜?"

"피부가 창백해서 다들 외국 사람이라고 착각해서 말이야. 오르테가라는 진짜 뱀파이어 가문이 있긴 했어. 대격변 시기에 사라졌지만."

"그럼 동식이가 맞는 거야?"

성혁이의 물음에 오르테가는 어깨를 으쓱거렸다.

"모르지. 어릴 때 주인과 헤어졌거든."

"주인?"

"나를 물어서 뱀파이어로 만든 심술궂게 생긴 노인이었어.

물리는 순간, 인간이 아니라 뱀파이어가 되어버리고, 가족들과 도 헤어져. 그리고 자신을 문 사람을 주인으로 여기고 따라다니게 되어 있어."

"원래 가족들은?"

"기억이 안 나. 물리면 며칠 동안 심한 열병을 앓게 되거든, 그런데 그 과정에서 가족에 대한 기억을 잃어버려."

"저런."

말투가 차가운 데다가 거짓말을 해서 별로였는데 얘기를 듣고 보니까 불쌍한 친구였다. 성혁이 안타까워하는데 공에 맞고 아웃된 아르테미스가 옆에 오더니 혀를 찼다.

"또 동식이 거짓말에 속은 거야?"

"거짓말이라니?"

"자기가 토종 한국인이라고 말하는 거 같던데? 뱀파이어에게 물려서 가족들과 헤어졌다고 하면서 말이야."

"그, 그것도 거짓말이야?"

놀란 성혁이의 물음에 아르테미스가 고개를 절레절레 저었다.

"순진하긴. 쟤는 아마 이천 살이 넘었을걸? 산전수전 다 겪고 사는 게 재미없으니까 남을 속이는 걸로 장난질 치고 있어.

특히 인간들이 잘 넘어간다고 어제부터 벼르고 있었다고.”

“이천 살?”

성혁이가 바라보자, 오르테가가 껄껄 웃었다.

“또 들켰네. 사실은 이천이백 살이야. 뭐, 볼 건 다 봤어.”

“동식이는? 처음부터 동식이었어?”

“아니. 신분을 여러 번 바꿨는데 마지막으로 바꾼 이름이지. 이천이십삼 년쯤에 코인 투자에 실패해 한강에서 뛰어내린 애 이름이야. 그래도 되도록 오르테가로 불러줘.”

“그럴게.”

그때 엉클의 괴성이 들려왔다. 소리가 들린 쪽을 쳐다보니 공을 얼굴에 맞고 쓰러지면서 낸 소리 같았다. 아르테미스가 말했다.

“우리 멤버 다 아웃이네.”

“멤버라니?”

성혁이의 물음에 아르테미스가 동식이를 바라보면서 말했다.

“거짓말쟁이 뱀파이어랑 성질머리 고약한 늑대인간, 그리고 사람 잘 홀리는 구미호. 이렇게 셋이 괴짜 클럽 멤버야. 정식 모임 이름은 ‘드레이븐 이종 고등학교의 괴짜들’이지. 줄여서

'드고짜'라고도 해."

이종 학교에서 괴짜라는 지위까지 차지하려면 어느 정도 말썽을 부려야 할까, 성혁이는 아르테미스의 얘기를 들으면서 살짝 겁을 먹었다. 아르테미스가 그런 성혁이의 어깨에 손을 올렸다.

"마침 인간이 한 명 필요했는데, 너도 끼워줄게."

그사이 엉클까지 다가와 옆에 서는 바람에 성혁이는 이종들에게 둘러싸인 꼴이 되었다. 오르테가가 망토를 만지작거리며 얘기했다.

"내 거짓말에 잘 속아줬으니까, 난 찬성."

엉클도 코를 킁킁거리면서 대답했다.

"이상한 냄새가 나지 않으니까, 찬성."

분위기가 이상하게 돌아가자, 성혁이 다급하게 물었다.

"괴짜 클럽 멤버가 되면 뭘 해야 하는데?"

"우선, 위기에 처하지 않게 서로 도와줘야 해. 그리고 보름달이 뜰 때면 모여서 문제를 푸는 거지."

"문제? 무슨 문제?"

"그건 그때그때 달라. 어쨌든 멤버가 된 걸 환영해."

성혁이는 아르테미스가 내민 손을 얼떨결에 잡긴 했지만, 머리가 아파졌다. 이종들이랑 이렇게 가깝게 지낼 줄은 생각지도 못했기 때문이다. 생각에 잠긴 성혁이의 속마음이 빤히 들여다보이는지, 아르테미스가 이렇게 말했다.

"너 지금, 골치 아파하는구나?"

"아, 아니야. 그냥 신기해서."

"원래 인생은 예상치 못한 방향으로 흘러가게 되어 있어."

매혹적으로 웃는 아르테미스의 얘기를 듣는데 체육 선생님의 우렁찬 목소리가 들렸다.

"굼벵이팀 승리!"

이렇게 드레이븐 이종 고등학교의 첫 수업 시간이 지나갔다. 하지만 그 후로도 놀랄 일의 연속이었다. 점심시간에 종별로 모여서 식사했는데, 아르테미스는 다른 구미호랑 같이 웃고 떠들면서 인공 배양된 간을 씹어 먹었다. 그러다가 성혁이와 눈이 마주치자, 코를 찡긋거리며 웃었다. 수업 시간에는 대격변에 대한 이야기와 이종들의 역사를 배웠다. 인간의 관점과 달라서 여러모로 신선했다. 그리고 그 과정에서 이종들을 다시 보게 되었다. 마지막 수업 시간이 끝나갈 때, 손목에 찬

웨어러블 스마트워치가 부르르 떨었다. 무심코 워치의 화면을 바라본 성혁이는 자기도 모르게 얼굴을 찡그렸다. 그리고 누가 볼까 봐 서둘러 소매로 스마트워치를 가렸다.

어수선하고 흥미로운 전학 첫날을 마친 성혁이가 가방을 챙겨 학교 밖으로 나왔다. 아르테미스와 괴짜 클럽 멤버들이 붙잡을 줄 알았는데 의외로 그냥 놔주었다. 끝나는 시간에 맞춰서 스마트카를 보내주겠다며 엔다인에게 연락이 왔지만 혼자서 가겠다고 얘기했다. 그리고 천천히 걸어서 공원에 도착했다. 산책하는 사람들을 지나 중앙에 있는 분수대로 향하던 성혁이는 미리 기다리고 있던 다익이 패거리와 마주했다. 분수대에 걸터앉아 있던 다익이가 손을 들어서 아는 척을 했다.

"이종 학교는 어때?"

"그럭저럭."

"와! 한 시간도 못 버티고 뛰쳐나올 줄 알았는데."

"너 때문에 거기에 갔는데, 참 한가롭게 얘기한다."

"그게 왜 나 때문이야? 네가 처신을 잘못해서 그런 거지."

다익이가 여유롭게 얘기하면서 옆에 패거리들을 바라봤다.

그 애들이 분위기를 맞추기 위해서 따라 웃자 다익이는 분수대에서 일어났다.

"내가 널 부른 건, 혹시나 딴마음을 먹을까 봐 경고해 주려고야."

"경고?"

"좀 골치 아파졌어. 그 사건을 재조사한다고 하더라고."

"재조사? 그래서 지금 나보고 입 다물라고 협박하는 거야?"

성혁이의 말에 다익이가 씩 웃었다.

"이게 네 문제점이야. 충고를 협박으로 받아들이는 거 말이야. 좋은 게 좋은 거 아니야? 언제까지 그 괴물들이 있는 학교에 있을 건데? 돌아와서 잘 지내야지."

다익이가 가까이 다가와 어깨를 툭 쳤다. 저도 모르게 얼굴을 찡그린 성혁이가 뒤로 물러났다.

"그건 내가 알아서 할게. 배신자 주제에."

"배신자라니?"

"나를 부추긴 게 너 아니야? 그런데 문제가 생기니까 모른척한 거 다 알아. 이제 와서 챙기려고 들지 마."

피식 웃은 다익이가 성혁이의 멱살을 잡았다.

"아이, 좀 인간적으로 대해주니까 기어오르네? 그럼 원래 내 방식대로 할게."

다익이가 멱살을 놓고 뒤로 물러나자, 패거리들이 성혁에게 몰려들었다. 성혁이는 힘껏 맞서 싸웠지만 사방에서 날아오는 주먹질과 발길질을 견디지 못했다. 결국 쓰러져 손으로 머리를 감쌌다. 그때 성혁이에게는 익숙하지만, 다른 애들에게는 낯선 웃음소리가 들렸다. 성혁이를 바라보던 다익이가 놀라서 돌아봤다.

"뭐야?"

방금 전까지 다익이가 앉아있던 분수대에 아르테미스가 다리를 꼰 채 앉아있었다. 그걸 본 다익이가 눈살을 찌푸렸다.

"누구야?"

"내 이름은 아르테미스. 천년 묵은 여우야."

아홉 개의 꼬리를 살랑거린 아르테미스의 대답에 다익이가 짜증을 냈다.

"이종이었네. 여긴 무슨 일이야?"

"친구 도와주러."

대답을 들은 다익이가 성혁이를 내려다보면서 코웃음을 쳤다.

"친화력 하나는 끝장이네. 하루 만에 이종들이랑 어울려?"

성혁이가 우물쭈물하는 사이 아르테미스가 다익이 앞까지 훅 다가왔다.

"그건 네가 알 바 아니고, 친구를 괴롭히는 건 그만뒀으면 좋겠어."

"이종 주제에."

다익이의 대답을 들은 아르테미스가 되받아쳤다.

"인간 주제에."

다익이가 주머니에 손을 넣는 걸 본 성혁이가 소리쳤다.

"조심해!"

하지만 아르테미스가 한발 빨랐다. 소형 전기 충격봉을 꺼내려는 다익이의 팔을 낚아챈 것이다. 간단하게 전기 충격봉을 빼앗은 아르테미스가 그걸 다익이의 몸에 갔다 댔다. 지직거리는 소리와 함께 다익이가 비명을 질렀다.

"으악! 아파!"

다익이의 비명을 들은 패거리들이 성혁이를 내버려 두고 아르테미스에게 달려들었다. 놀란 성혁이는 패거리 중 하나의 발목을 낚아챘다. 나머지는 그대로 아르테미스에게 달려들었는데 공격을 개시하기 직전에 옆에서 튀어나온 엉클에게 들이받혔다. 늑대인간의 어마어마한 힘에 패거리들이 종잇장처럼 나뒹굴었다. 입을 딱 벌린 성혁이의 어깨에 박쥐 한 마리가 내려앉았다. 성혁이에게 발목이 잡힌 녀석은 그 손을 뿌리치려다가 박쥐를 보고는 고개를 갸웃거렸다.

"어?"

순식간에 오르테가로 변신한 박쥐가 그 녀석의 멱살을 잡고 송곳니를 드러냈다.

"너도 나처럼 뱀파이어로 만들어줄까?"

"아! 안 돼!"

"귀족의 아량을 베풀어 줄 테니 꺼져."

오르테가가 손을 놓자, 녀석은 그대로 주저앉았다가 네 발로 엉금엉금 기어서 도망쳤다. 그사이 엉클에게 들이받힌 패거리들도 흩어졌고 남은 건 다익이뿐이었다. 전기충격을 받아서 쓰러진 다익이를 내려다본 아르테미스가 입맛을 다셨다.

"말썽을 많이 피우는 인간의 간이 진짜 맛있지. 오랜만에 맛 좀 볼까?"

어느새 길어진 손톱으로 가슴을 꾹 찌르자 다익이가 비명을 질렀다.

"사, 살려주세요. 잘못했어요."

"다시 내 친구를 건드리면 그때는 네 집에 찾아가서 간을 파먹어 버릴 거야. 아니면 홀려서 내가 시키는 대로 하게 만들든지 말이야."

"아, 알았어요. 앞으로 절대 안 만날게요."

다익이의 대답을 들은 아르테미스가 배시시 웃었다.

"난 말 잘 듣는 남자가 좋더라. 그러니까 살려줄게."

허겁지겁 일어난 다익이는 성혁이를 쳐다보지도 않고 도망쳤다. 그 모습을 쳐다보는 아르테미스에게 성혁이가 물었다.

"어떻게 안 거야?"

"아까 속마음을 좀 읽었지. 그리고 동식이가 박쥐로 변해서 널 따라왔고."

"오르테가라니까."

망토를 우아하게 펼친 오르테가를 본 아르테미스가 중얼거렸다.

"동식이가 더 어울리는데 말이야."

그리고 성혁이를 바라봤다.

"같이 가자."

"어디로?"

"멤버가 되었으니까 가입 의식을 치러야지."

"진짜 나를 멤버로 받아주는 거야?"

성혁이의 물음에 아르테미스와 엉클, 그리고 오르테가가 거의 동시에 고개를 끄덕거렸다. 성혁이는 그런 친구들을 향해 말했다.

"고마워."

특별전형

— 이지현 —

#D-2

"가슴뼈를 내리고 아랫배에 힘을 주세요. 코로 들이마신 숨을 입으로 오 초간 길게 뱉어내세요."

인공지능 헬씨는 나지막한 목소리로 느리게 동작을 지시하고 있었다. 저탄소 백색 조명등이 켜진 생체 활성화 교실에선 필라테스 수업이 한창이었다.

"필라테스는 신경을 안정시켜 주고 학습 집중력을 높입니다. 우주 황사 유입으로 실내 활동이 늘어나면서 자칫 약해질 수 있는 근력을 키워주죠. 또한 화성에 적응하기 위한 기초 체력 강화에 도움이 됩니다. 코어 근육을 단련하는 동작을 하기 전에 호흡에 집중해 보세요. 코로 들이마시고 입으로 오 초간 뱉습니다. 코로 들이마시고 입으로 오 초간……."

시지프는 인공지능 튜터, 헬씨의 지시를 들으며 들숨과 날숨을 규칙적으로 쉬면서 다음 동작을 기다렸다.

"뱉어내세요. 뱉어내. 뱉어, 뱉……. 찌직."

집중하던 흐름이 깨지자, 시지프의 눈썹 사이에 주름 골이 생겼다. 눈을 찡그리며 리포머(침대 형태의 필라테스 기구) 머리맡에서 고개를 들어보았다. 교실의 학생들은 리포머 위에서 두 다리를 앞으로 쭉 펴고 앉아있었다. 튜터의 지시에 따라 발끝 방향으로 팔과 머리를 길게 뻗어 디귿 모양새를 만드느라 끙끙대었다. 아이들의 모습을 훑어보던 시지프의 시선이 생체 활성화 교실 가운데 떠있는 홀로그램 영상에서 멈췄다.

오늘 수업을 맡은 인공지능 튜터 헬씨는 보이지 않았다. 대신 헬씨의 모습을 담은 입체영상이 교실을 이리저리 떠다니며 필라테스 과목을 가르치고 있었다. 홀로그램 영상은 무슨 이유인지 말을 버벅대더니 팔을 앞으로 뻗었다 내렸다, 같은 동작만 반복하고 있었다. 다른 학생들도 고개를 들기 시작했다.

"뭐지? 다음 동작은 왜 안 해줘요?"

"윽, 튜터, 저 힘들어요. 언제까지 이렇게 있어요?"

학생들 몸에 붙은 생체 민감 센서를 확인하던 혁준이 교실

분위기가 이상한 걸 느끼고 주변을 살펴보았다.

"왜, 왜, 왜? 왜 웅성대는 거지요? 무슨 일 있어요?"

혁준은 필라테스 수업에 인공지능 헬씨의 보조 튜터로 들어온 휴먼 튜터이다. 튜터로 발령 난 지 오 년 차, 올해 삼월에 '코스믹스 K 학교'로 전근 왔다. 생체공학 전공을 살려 생체 활성화반에 오게 되었으나, 이곳엔 십오 년 차인 인공지능 헬씨가 정교사로 근무하고 있었다.

'햐, 왜 슬픈 예감은 틀린 적이 없을까. 헬씨가 회로 점검으로 오늘 병가를 낼 때부터 불안하더라. 그나저나 헬씨는 아이돌의 모습을 모아서 만들었다더니 눈, 코, 입을 따로 떼서 보면 나랑 다를 것도 없잖아.'

구시대 입체파 그림처럼 조각나고 있는 입체영상을 보고 있자니 튜터 혁준은 웃음이 새어 나오려고 했다.

"팔을 뻗어 가슴과 팔이 최대한 멀. 멀. 멀어지. 지. 지."

"애들아, 오늘 수업은 여기서 그만해야겠어요. 조용히 자리 정리하고 다음 수업이 있는 학생은 시작 전까지 자유 시간을 가져도 좋아요. 아이워치에 오늘 생-활 수업 미완료로 체크하는 거 잊지 말고."

혁준은 학생들에게 수업 종료를 알렸고, 챙길 내용을 말하느라 가쁜 숨을 몰아쉬었다.

"튜터 혁준, 혹시 보강도 하나요?"

"그럼. 튜터 헬씨가 돌아오면 보강 요청할 거예요. 알았지요?"

담당 인공지능 튜터가 병가를 내고, 대신 수업을 진행하던 입체영상마저 오작동을 일으켜 생체 활성화 수업은 결국 중단되었다.

'설마 인공지능 로봇과 입체영상이 생체리듬까지 맞춰진 건 아니겠지? 아플 때도 같이 아픈 클론이야, 뭐야? 적당히 좀 하지. 자기들이 사람도 아니면서 병가니, 휴가니 자유롭게 써대고, 입체영상으로 연동해서 결손 없이 수업한다더니……. 참나, 이렇게 되면 입체영상 뒤처리까지 우리 보조 교사보고 다 하라는 거잖아.'

교사용 아이워치의 마스터키를 발동하여 입체영상을 내리던 혁준은 자신의 처지에 한숨이 나왔다.

"에이~ 선생님, 뭐예요. 맨날 고장이에요!"

"그냥 오늘 수업 완료했다고 하면 안 돼요? 또 보강 듣기 싫은데요."

"튜터 혁준이 대신 수업하시면 되잖아요?"

학생들은 혁준이 이 시간을 책임져 주길 기대하며 눈을 반짝였다.

"이런 일이 처음도 아니잖아요. 자자, 이해심 많은 우리 인간이 이해해야겠죠. 수업은…… 내가 아니라…… 튜터 헬씨가 진행하는 거예요."

"에이~ 뭐예요. 시시해요."

혁준은 학생들이 실망하는 시선을 온몸으로 느꼈다. 이마에 식은땀이 맺혀 조명 아래서 번들거렸다. 그래, 거기까진 괜찮았다. 하지만 볼이 뜨거워져 붉어진 모습은 학생들에게 들키고 싶지 않았다. 이 상황에서 혁준이 할 수 있는 일은 학생들 몸에서 민감 센서 판을 서둘러 떼어내는 것뿐이었다.

"네, 알겠습니다."

천사의 목소리인가 싶은 낭랑한 목소리가 어디선가 들려왔다. 혁준이 반가움에 고개를 들어 소리가 나는 곳을 바라봤다. 시지프였다.

코스믹스 K 학교 삼 학년 시지프. 우성유전자를 가지고 태어나 학업 능력, 신체 조건은 물론 성격까지 우수한 NP 유형의 학생이었다. 윤기 나는 은빛 머리카락을 흩날리며 시지프는 자기 몸에 붙어있던 민감 센서를 차례대로 떼어내고 있었다. 혁준은 리포머에서 내려오는 시지프의 모습을 지켜보았다.

"어, 그래. 시지프, 고맙다. 나머지 학생들도 마저 정리해 주세요."

혁준은 안정을 찾은 듯 목소리를 가다듬었다. 그사이 시지프는 미소를 띠며 출입문을 향해 빠른 걸음을 옮겼다.

'그러고 보니 저 녀석은 찡그린 얼굴을 본 적이 없네.'

항상 웃고 있지만, 한편 경직된 듯한 녀석의 모습에 혁준은 고개가 갸우뚱해졌다.

"선생님. 그냥 리포머에서 자면 안 돼요?"

"전 여기가 편한데요. 야, 미리내! 너도 같이 있자!"

마지막까지 이 시간을 뭉개보려는 학생들이 아우성쳤다.

"끼익. 끼이이익."

리포머에서 비비적거리는 학생들의 움직임을 따라 삐걱대

는 소리가 귀를 찔렀다. 그 소리에 맞춰 아직 정리되지 못한 입체영상이 결렬하게 조각나며 부서지기 시작했다.

'매일 과제에, 훈련에 쉬고 싶겠지. 나도 이러고 싶지는 않다. 하지만 어쩌겠니?'

혁준은 미워할 수 없는 학생들을 보며 괜스레 이맛살에 힘을 잔뜩 넣었다. 양손으로 머리를 쓸어 넘긴 후 허리춤에 손을 얹었다. 이내 고개를 들며 결심에 찬 눈빛을 발산하자 우스꽝스러운 비장함마저 감돌았다.

"경고다. 셋 세기 전에 자리에서 안 일어나면 벌점을 그대로 전송할 테다!"

"우~."

웅성대는 소리가 들리는 생체 활성화 교실을 뒤로하고 유유히 출입문을 빠져나온 시지프는 아이워치로 필라테스의 유래를 검색했다.

필라테스

요제프는 독일 태생으로 어려서는 병을 달고 살 만큼 허약

했다. 건강해지고 싶어 각종 운동을 한 덕분에 권투 선수, 헬스 트레이너로 성장했다. 격변의 제1차 세계대전 당시 영국에서 간첩으로 오해받아 포로수용소에 갇혔는데, 그는 좌절하는 대신 좁은 곳에서 수행하는 운동법을 고안해 냈다. 전후에 독일의 의사가 이 운동법을 보완했고, 미국의 정형외과 병원들이 이를 재활 프로그램으로 채택했다. 한 평 공간과 꺾이지 않는 마음만 있다면 언제든 가능한 운동. 필라테스는 바로, 이 운동법을 고안한 요제프의 성씨이다.

밝은 빛을 뿜어내는 스크린에 새겨진 글자가 시지프의 갈색 눈동자에 그대로 어렸다. 시지프는 눈에 띄는 문장 하나를 작은 소리로 읽어보았다.

"꺾이지 않는 마음만 있다면 가능한……. 꺾이지 않는 마음만 있다면. 마음에 드네."

"시지프, 나 너무 피곤해. 내일모레 삼 차 화성 적응 훈련은 못 할 것 같아."

"어, 구토. 언제 따라 나왔냐? 하하."

"너 나가길래. 나머지 아이들 안 나오는 걸 보니 결국 튜터에게 혼나나 본데?"

"필라테스는 다른 유형 아이들도 같이 들으니깐."

"무슨 훈련 강도가 이렇게 점점 세지는지. 화성에 가기도 전에 이 몸이 사라지겠다."

뒤따라 나온 구토는 시지프의 어깨에 자연스럽게 손을 얹었다.

구토는 시지프와 함께 화성 정착 프로그램을 이수하고 있는 NP 유형 학생이었다. 코스믹스 K 학교는 학생 중 화성에 정착할 후보를 선발하여 국제항공우주국(UNI-NASA)에 추천하는 것으로 명성이 자자한 학교였다. 우수한 학생을 선발하여 화성 정착민으로 육성한다는 슬로건에 이끌린 부모들이 이 학교에 경쟁적으로 몰려들었다. 치열한 경쟁률을 뚫고 입학한 학생 중에서도 화성 정착에 유리한 상급 학생은 NP 유형으로 분류되어 특별 관리를 받았다.

"화성 적응 훈련 전에 할 신진대사 운동은 다른 걸로 찾아봐야겠어."

구토는 양손으로 목덜미 뒤를 감싸 쥐고 깍지를 끼었다. 살짝 목을 들고 좌우로 꺾다 보니 우두둑 목뼈에서 나는 둔탁한 소리가 시지프의 귀에까지 울려왔다.

"그래야겠지. 훈련 준비를 잘하고 있구나, 구토."

목을 움직여 봐도 개운하지 않은지 구토는 목덜미를 연신 손으로 문지르고 있었다. 시지프는 구토의 손목에 채워진 아이워치를 보자 눈빛이 번뜩였다.

"홧화호호. 홧탓타타."

구토가 설정한 아바타가 아이워치 화면 속에서 기괴한 소리를 내며 요동치고 있었다. 화성에 가면 만나고 싶다던 화성 요괴의 모습을 아바타로 설정해 놓은 탓이었다.

"홧하핫. 뚜르릇드. 띠링!"

알아듣기 어려운 소리를 내는 화성 요괴 아니, 구토의 아바타 아래로 메시지 수신 알람이 떴다.

"빠르기도 하다. 벌써 확인 요청이 왔어."

구토는 필라테스 수업에서 몸에 부착했던 민감 센서로 감지된 생체리듬과 호르몬 분비량을 확인하라는 메시지에서 눈을 떼지 못했다.

"변화가 쫌 있었나? 엄마가 요즘 내 수업 반응 데이터 결과가 좋지 않다고 잔소리가 심해져서. 오늘은 집중했거든. 중단되어 아쉬웠지만 말이야."

학생용 아이워치에 지문 인증을 마친 구토는 시지프를 보며 어깨를 으쓱였다.

인증을 마친 구토와 시지프의 데이터는 코스믹스 K 학교 라키비움으로 전송되었다. 이 시간 이후에 들을 수업 결과들도 차례로 전송되어 저장될 것이다. 개교 이래 수집된 빅데이터가 매일 업데이트되고 쌓여 거대한 정보 퇴적층을 형성했다.

이십이 세기 지구인은 생존을 위해 세계환경기구를 창설하고 국제적 연합체가 되었다. 범지구적인 환경운동이 일어났고, 오염 속도를 조금씩 늦출 수 있었다. 또한 이십일 세기를 기점으로 자정 능력을 상실한 지구를 대신해 화성으로 이주할 준비가 빠르게 진행되었다.

해를 거듭할수록, 지구 자원이 고갈될수록, 환경이 오염될수록 시지프와 구토를 비롯한 많은 학생에게 화성 정착은 당연한 꿈이 되었다. 학교는 교육과정으로 우주과학, 우주탐사, 화성 정착을 편성하고, '지구 밖 우수한 우주인 육성'을 교육 목표로 삼고 있었다. 학생들의 학습 태도와 성적을 매일매일 분석하고, 성장 정도를 평가하는 작업이 계속되었다. 지치는 것을 모르는 인공지능 휴머노이드 튜터가 학교에 대거 배치된 이유는 이 때문이었다. 인공지능 튜터는 프로그래밍이 된 정보 분석력을 바탕으로 화성 정착민의 최종 후보를 선정하는 데도 주도적인 역할을 담당했다.

한정된 황금 티켓, 화성 정착권은 과연 어떤 학생에게 갈 것인가. 이는 모든 사람에게 큰 관심사였다. 자식을 앞세워 더 나은 인생을 살기를 바라는 부모에게는 삶의 목표이기도 했다. 신자유주의 교육은 부모의 능력도 경쟁의 조건으로 인정하며 부모의 관심이 간섭을 낳는 혼돈의 지난 시간을 겪게 했다. 이십이 세기 코스믹스 K 학교는 공정한 선발 제도로 우수한 학생을 추천하겠다고 선언하며, 인공지능 튜터를 내세웠다. 인공지능은 청탁받지 않으니까, 인공지능은 부모의 지위나 직업도 배제하고 객관적인 학생 데이터만을 기반으로 평가하니까. 빅데이터는 오류가 있을 수 없다는 믿음이 이 시대의 새로운 공정성의 근거가 되었다.

"시지프, 우린 뭐 이미 화성행 티켓을 받은 거나 다름없지 않아? 그런데도 긴장이 되긴 하네. 화성 적응 훈련하다가 기절하는 건 아니겠지?"

"기절? 하하, 볼만하겠는걸. 후대에 길이 남을 짤 한번 만들어볼까?"

"내가 영원히 고통받을 짤을 남겨보겠다? 이거 정신 바짝 차려야겠는걸! 하하하."

시지프와 구토는 무빙워크를 이용하는 대신 나란히 걸으며 다음 수업 장소로 향했다.

"참, 시지프! 너 과제는 다 했어? 주제 토론 말이야."

"화상으로 진행 중인데……. 버닝이 폭주 중이라 쉽지 않아."

"버닝? 인도 출신 NP 유형 아이 말이지?"

"맞아. 걔 아빠가 빅데이터 프로그래머잖아? 아빠 도움을 받는 건지 어마어마한 양의 자료를 찾아와서 자기주장을 하니까, 속수무책이야."

"그건 튜터가 규칙 위반이라고 제한하지 않냐?"

"인공지능 튜터는 발표 내용만 확인하고 분석해서 피드백하니까. 데이터상 문제가 없다면 정보를 어디서, 누구에게 가져왔는지 그 배후는 모르는 거지."

"참 나, 오류는 없다 이거구나. 정말 짜증 나겠다. 교양과목이라 살살해도 될 텐데……. 같은 NP끼리 왜 그러냐? 걔도 참 융통성 없게 구네."

"집요한 탐구형 같아."

"이 몸은 단독 탐구, 신체 활성형이라 그런 아이들 사이에서 점수 받기는 힘들 것 같은데 고민이다."

"아, 맞다. 너 단-탐, 신-활이라고 했지? 맨날 헷갈려. 단독 탐구는 아닌 거 같은데?"

"그렇지? 수완 좋은 활동가면 또 모를까. 으하하."

"유전자 유형 재검 요청해."

"재검? 아휴~ 우리 엄마가 잘 세팅해 놓았다고. 절대 틀릴 수 없다고 하십니다."

"어른들은……. 자기들 마음대로야."

고개까지 절레절레 흔드는 시지프를 보며 구토는 허연 이를 시원하게 드러내었다.

"하하하. 맞아."

"…… 구토, 너는 내가 어떤 유형 같니?"

"너? 너는 조화로운 리더형이지."

당연한 것을 묻느냐는 듯 구토는 칼같이 대답하고 앞서 뛰어갔다. 구토의 뒷모습을 보며 시지프는 작은 숨을 길게 내뱉었다. 코로 들이마신 숨을 입으로 오 초간.

'내가 무슨 조화로운 리더형이야. 그렇게 보여야 하니까 그렇지.'

시지프는 운동화에 묻은 먼지를 털어내듯 허공을 향해 헛발을 찼다.

#D-1

정규 수업이 끝나자, 학생들은 일제히 아이워치를 통해 '수업 종료'를 전송했다. 친환경 전동 자전거 페달을 굴려 학교 밖으로 썰물처럼 빠져나갔다. 자전거 행렬 속에서 노란색 자전거 한 대가 포물선을 그리며 유연하게 빠져나왔다. 집으로 가는 다른 학생들과 달리 '코스믹스 K 학교 라키비움'으로 이동 경로를 설정한 시지프가 맞바람을 가르며 달리는 자전거의 손잡이를 움켜쥐고 있었다.

"안녕하세요. 여기는 코스믹스 K 학교가 자랑하는 라키비움입니다."

문이 열리자, 안내 로봇이 미끄러지듯 다가와 시지프를 맞았다.

"인류가 보존해야 할 정보와 지식을 제공, 저장, 전시하고 있습니다. 원하는 이용 메뉴를 선택해 주세요."

시지프는 안내를 담당하는 로봇을 쳐다보았다. 민머리에 LED로 된 눈, 코, 입으로 표정을 짓고 있었다. 눈사람처럼 생긴 둥그런 몸통에 키오스크가 내장된 구시대 디자인이 귀엽다며 다들 안내 로봇을 좋아했다. 어느 날은 민머리에 빨간 리본을, 또 다른 날엔 알록달록 하트 핀으로 새롭게 단장해 주곤 했다. 우스꽝스러운 모습으로 라키비움 곳곳을 누비다 보니 그 모습을 보려고 일부러 찾아오는 사람까지 생겼다고 들었다. 오늘은 누구의 것인지 알 수 없는 갈색 야구 모자를 쓰고 있었다.

시지프는 안내 로봇의 모습을 훑어본 후, 키오스크로 시선을 돌렸다. 토론 과제를 위해 십팔 세기 자료 열람 메뉴를 클릭하려다가 잠시 동작을 멈추었다. 눈동자를 빠르게 굴려 주변을 살핀 후, 보고 있던 메뉴를 넘기고 서둘러 클릭했다.

"이용자님은 코스믹스 K 학교에 등록된 학생의 이력 열람을 선택하셨습니다. 맞습니까?"

시지프는 안내 로봇의 안내에 허탈한 한숨을 내쉬더니 '네'를 클릭했다.

"이용자 본인 여부를 확인하겠습니다. 홍채 인식을 하거나 아이워치로 인증해 주시기 바랍니다."

아이워치를 스캔하자 삑 소리가 났다.

"완료되었습니다. 자료는 M-2층에서 노란 불빛을 따라가십시오."

시지프는 안내 로봇의 지시에 따라 복도를 지나 M-2층으로 올라갔다. 이 층이라고 하지만 실제 높이는 사 층이나 오 층쯤 되었다. 통유리창을 경계로 다층 형태의 수납장들이 빽빽하게 들어서 있었다. 수납장마다 엄청난 양의 디바이스가 빈틈없이 꽂혀있었다.

시지프는 통유리 앞에 놓인 스크린에 아이워치를 스캔하여 인증한 뒤 첫 화면을 불러왔다. 빠른 손놀림으로 생년월일과 이름을 마저 입력했다.

구 78-2107

개인 정보를 숫자로 변환한 코드가 화면에 나타나더니 다층 수납장들이 좌우로 움직였다. 자동문이 열리는 것처럼 옆으로 비켜난 수납장에 의해 길이 열리고 회로가 연결된 듯 디바이스 하나가 점등되었다. 시지프는 요청한 디바이스 북이 스크린으로 전송되는 것을 확인하고, 다시 아이워치로 인증했다. 화면에 뜬 코드명과 아이워치를 연동하여 지시어를 입력하고 업데이트를 완료했다.

"다 됐다."

시지프는 심호흡하고 완료된 화면을 내려다보았다.

"여! 시지프. 여기서 보는구나."

"헉. 읍……."

시지프는 놀라서 새어 나오는 소리를 간신히 손으로 막았다.

"무슨 생각을 그렇게 골똘히 하길래 사람이 온 줄도 모르니?"

혁준이 시지프 옆으로 다가와 짓궂은 웃음을 지어 보였다.

"아, 안…… 안녕하세요. 튜터."

시지프는 놀란 가슴을 겨우 쓸어내리며 허리 숙여 인사를 했다.

"그래. 여긴 어쩐 일로? 혼자서 뭐 나쁜 짓이라도 한 거니?"

과장되게 주변을 살피는 혁준의 모습에 시지프의 표정이 새초롬해졌다.

"아니요. 그런 거 없어요. 저는 그저 토론 과제 준비하려고요. 버닝 때문에……."

"하하하. 장난 좀 친 건데, 정색할 것까지야. 반가워서 그랬어, 반가워서."

시지프의 굳은 표정을 본 혁준이 스크린으로 시선을 옮겼다. 그 순간, 시지프는 서둘러 화면 종료 버튼을 찾아 눌러버렸다. 꺼지는 화면과 함께 시지프의 눈을 비추던 빛도 사라졌다.

"벌써? 나 때문에 자료를 다 못 본 거 같은데?"

"아니에요. 그만 봐도 돼요. 가볼게요."

자리에서 얼른 벗어나려는 듯 돌아서던 시지프의 손에서 아이워치가 미끄러지며 바닥으로 떨어졌다. 둘은 바닥에 떨어진 아이워치를 향해 동시에 팔을 뻗었다.

"시지프, 이거 챙겨가야지."

"아……."

"시지프, 이 아이워치, 네 것이 아닌데?"

#D-Day

인공지능 튜터 존은 중앙 관측실에 서서 훈련장을 살펴보고 있었다. 존은 화성 적응 훈련의 총지휘를 맡은 휴머노이드 로봇이다.

문밖에서 터벅거리는 발소리가 나더니 혁준이 관측실에 들어섰다. 빨갛게 충혈된 눈 아래로 짙은 그림자가 드리워 있었다.

"먼저 나오셨군요. 튜터 존. 저는 오늘 튜터 헬씨와 함께 훈련생들의 생체리듬, 호르몬 분비 점검을 맡았습니다."

"안녕하세요. 튜터 혁준. 잘해봅시다."

존은 혁준과 인사를 끝내고 훈련장으로 마련된 스튜디오를 내려다보았다. 길이 오백오 미터, 폭 삼백팔 미터인 공터에 레이저 빔으로 세운 임시 벽이 단단해 보였다. 훈련 중에 발생하는 소음을 상쇄하는 주파수(Hz)제어 시스템이 가동하는 모습도 지켜보았다. 학생들이 가상현실을 경험하는 데 부족함이 없도록 필요한 시스템을 완벽히 갖춘 모듈 스튜디오였다. 중앙제어 시스템을 갖추고 있는 이곳, 관측실에서 존은 학생들의 반응을 살피고, 원격으로 환경 설정을 조정할 수 있었다.

특별한 이상이 없다고 보고받은 존은 관측실에 놓인 열두 개의 화상 스크린으로 시선을 옮겼다. 오늘 도전하는 학생들의 생활 기록을 화면 가득 띄워 천천히 넘겨 보았다. 시지프, 구토, 그리고 버닝을 포함한 학생들의 기록이 사진과 도표, 영상으로 나타났다 사라졌다. 모든 기록을 종합 평가한 그래프가 마지막으로 화면을 가득 채웠다.

"우수한 형질이 많이 모였군요."

존은 화면에서 눈을 떼며 입을 열었다.

"그렇죠? NP 유형이 특히 많아요. 오늘 훈련이 기대되네요."

혁준은 충혈된 눈을 손등으로 비벼대며 화면을 빠르게 훑어

보았다. 등 뒤로 문이 열리는 소리가 들리는가 싶더니 회로 점검을 마친 인공지능 튜터 헬씨가 관측실에 들어섰다.

"안녕하십니까. 튜터 존, 튜터 혁준."

"튜터 헬씨, 점검은 잘 끝냈습니까?"

"네, 덕분에. 저 때문에 튜터 혁준이 많이 고생했다고 하더라고요."

헬씨는 혁준을 바라보며 미소를 지어 보였다.

"뭐 고생이랄 것도 없었습니다. 고마우면 맛있는……. 하하하, 아닙니다."

혁준은 습관적으로 하던 말을 삼켜야 했다.

"그러게요. 맛있는 식사라도 사야 하는 건데 말이죠."

언제 왔는지 튜터 수연이 불쑥 끼어들었다.

"우리가 일만 하려고 학교에 있는 건 아니잖아요?"

"언제 오셨어요? 수연 선배."

혁준은 삼 년 선배 수연을 보더니 환하게 웃으며 알은체했다.

"얼굴 보기 힘드네, 튜터 혁준. 바빴나 봐. 건강도 돌봐가면서 해야지. 우리가 건강해야 학생들도 챙길 거 아냐. 얼굴이 이렇게 핼쑥해져서야."

오늘 뇌파 점검을 맡은 수연은 헬씨를 향해 살짝 눈을 흘기더니 고개를 돌렸다. 함께 온 보조 교사인 인공지능 튜터에게 쥐고 있던 파일을 넘기며 연거푸 잔소리를 늘어놓기도 했다. 둘은 오랫동안 호흡을 맞춰서인지 자매처럼 닮은 분위기를 풍겼다.

"튜터, 오늘 훈련에 집중해 주시기를 바랍니다."

존의 핀잔에 수연은 입을 삐죽 내밀었다.

"하고 싶은 말은 해야 해요. 제 뇌 건강을 위한 길이죠."

"참가생들의 점수를 보아 오늘 훈련을 통과한 학생은 국제항공우주국(UNI-NASA)에 바로 추천해도 되겠습니다."

"그래요? 그럼 난이도를 조절해야 하는 거 아니에요?"

"이미 빅데이터를 분석하여 최고의 시뮬레이션을 만들어 놓은 상태입니다. 그건 우리의 권한이니깐요."

"네네. 그렇죠. 다만 그렇게 칼로 자르듯이 말씀하시니 무안해지네요."

존을 빤히 보던 수연은 어쩔 수 없다는 듯 시선을 거둬들이며 혁준에게 슬쩍 다가갔다.

"튜터 혁준, 오늘 존이 왜 이러니?"

"글쎄요. 학생들 훈련 전에는 철두철미하잖아요."

"아니, 하루 이틀 하는 것도 아니고 풍부한 우주 비행 경험에 인류애까지 가졌다고 칭송받았던 우주인을 마인드 업로딩한 휴머노이드가 저렇게 까칠해서야, 원."

혁준은 학생들의 자료를 챙기는 존을 물끄러미 쳐다볼 뿐 더는 말이 없었다.

"자, 학생들이 모두 모였습니다. 내려가서 확인해 볼까요?"

숙였던 허리를 일으키며 존이 관측실 밖으로 앞서서 나갔다. 옆에 서있던 튜터들도 존을 따라 일사불란하게 관측실을 빠져나와 훈련장으로 내려갔다.

"시지프."

"구토."

"버닝."

…….

학생들의 이름과 생체인증을 완료한 후 존이 훈련에 대해 안내했다.

"여러분은 여러 단계에 걸쳐 정규과목을 이수하고 시험을 통과하여 이 자리에 왔습니다. 그리고 오늘 결과에 따라 화성 정착권을 획득할 수도 있습니다. 이번 훈련은 긴급 상황에서 대처하는 능력을 확인하는 훈련이자, 테스트입니다."

존은 아무런 감정이 드러나지 않은 표정으로 학생들 앞에 서 있었다.

검정, 초록, 파랑, 보라, 서로 다른 색깔의 작은 눈동자들이 그를 응시하고 있지만, 존은 어떤 눈빛도 붙들거나 가벼이 스치지 않았다. 단정한 이목구비만큼 단호한 말투가 오히려 학생들의 흥분을 차분히 가라앉혔다.

"카리스마 쩌네."

뒤에서 보고 있던 수연의 한마디에 혁준이 킥킥 웃음을 터뜨리며 소곤댔다.

"감정에 휘둘리지 않는 휴머노이드가 부러운 순간이죠."

"그게 왜 부러운 거니? 끔찍한 거지."

수연의 입가에 씁쓸한 미소가 지나갔다.

"스튜디오로 한 팀씩 들어가세요. 시작 신호와 함께 주어진 상황에서 빠르게 판단을 내려 대처해 나가면 되겠습니다. 기회는 한 번뿐입니다. 부정행위 적발 시 규정에 따라 실격 처리

됩니다.”

학생들은 튜터 존의 안내를 들으며 마른침을 삼켰다. 여기에 오기까지 여러 날 동안 밤낮으로 준비했지만, 혹시 실수를 저지르거나 예기치 못한 상황을 맞닥뜨릴까 봐. 그 나쁜 운이 설마 나에게 오는 것은 아닐지, 두려운 마음에 손에 식은땀이 맺혔다. 훈련장 내의 청정기능이 쾌적한 온도와 습도를 유지하고 있지만, 학생들은 서로의 깊은 한숨과 자기 몸에서 뿜어내는 열기로 공기가 무겁게만 느껴졌다.

시지프와 구토 그리고 버닝이 한 팀으로 배정되어 차례로 B2C 스튜디오로 향했다. 안으로 들어서자, 사방은 화성의 도시 모습으로 바뀌었다. 지구와 달리 낮은 대기압과 강한 복사열로부터 사람을 보호해 주는 초대형 바이오 돔이 도시 전체를 둘러싸고 있었다. 벌집 모양처럼 규칙적으로 배열된 투명한 돔 너머로 화성 대기에 떠도는 먼지층에 산화된 태양의 푸른 빛이 내리쬐고 있었다. 건물과 도로, 나무들은 계획된 도시답게 잘 정비되어 있었다. 화성 토양을 재료로 건축한 크고 작은 빌딩 벽은 마치 크레이프(Crepe)와 생크림을 층층이 쌓은

케이크 같았다. 빌딩 안에는 사무실을 비롯해 일반 가정집과 편의시설 등이 보였다. 공원 역할을 하는 그린 돔에선 평화롭게 휴식과 독서를 즐기는 사람들의 모습도 보였다.

주위를 살피던 구토가 먼저 입을 열었다.

"생각했던 것보다 작은데."

"그래? 난 멋진데. 지난번 달 탐험하러 갔을 때보다……. 거긴 지구랑 별로 다르지 않아서 재미없었어."

화성의 평화로운 모습을 보면서 시지프는 흥분을 감추지 못했다.

"조용히 해. 우리 관광 온 거 아니잖아. 이제 뭐라도 나타날 것 같아."

버닝의 말이 끝나기 무섭게 하늘에서 무언가 우두둑 떨어지는 소리가 들렸다. 셋은 일제히 위를 올려다보았다. 초대형 바이오 돔에 운석들이 떨어지고 있었다. 화성은 대기층이 얇아 운석이 가진 속도만큼 큰 충격을 받아내야 했다. 도시 전체를 둘러싼 돔은 이를 대비해 특수 제작되었다. 그런데 바로 눈앞에서 돔에 균열이 가고 있었다. 균열과 함께 사방에서 경고음이 울렸다.

“균열의 원인이 뭐지? 우선 그걸 알아야 방법을 찾을 거 아니야.”

멍하게 서있는 시지프와 구토를 돌아보며 버닝이 먼저 소리쳤다. 현재 위치와 상황 확인을 위해 셋이 일제히 아이워치를 들여다보았다.

“태양열 패널이 먼지로 덮이면서 통신 연결이 안 되고 있어.”

시지프의 말에 구토가 아이워치를 흔들어 보였다.

“촤타차차. 칙지직.”

요란하던 구토의 아이워치 아바타가 꺼진 불꽃처럼 사그라들었다. 구토는 구겨진 인상으로 고개를 들어 주변을 두리번거렸다. 평화로워 보이던 화성 도시의 모습은 온데간데없이 사라지고, 황량한 사막에 방치된 빛바랜 유물처럼 이름만 남은 영광이 대신하고 있었다. 구토는 고개를 세차게 도리질하더니 시지프와 버닝에게 다가갔다.

“다른 것보다 우선 산소 공급이 중요해. 우주 방사능에도 노출되지 않게 비상 보호복을 찾아 입는 게 좋을 것 같아.”

구토의 제안에 비상 보호복이 보관된 캐비닛으로 서둘러 이동했다. 구토가 앞장서서 캐비닛의 문을 열고 산소 공급 헬멧과 비상 보호복을 꺼내 시지프에게 먼저 건넸다. 시지프는 그런 구토를 쳐다보았다.

"시지프, 왜 넋 놓고 있어? 내가 해줘? 녀석 참, 손 많이 가네."

구토가 웃으며 우선 헬멧을 시지프의 머리에 씌우고, 보호복을 잡아주었다. 시지프는 구토의 도움을 받아 보호복 속으로 몸을 밀어 넣었다. 보호복에 부착된 버튼을 누르자, 사이즈가 체형에 맞게 자동으로 조절되었다. 한결 편안해진 표정으로 서로를 바라보며 통신 음성이 들리도록 근거리 주파수를 맞추었다.

"잘 들리니? 오늘 수행 문제는 재난 대응 같은데?"

구토는 시지프에게 자신의 음성이 들리는지 물었다.

"내 생각도 같아. 갑작스러운 재난에서 어떻게 할지 평가하는 것 같아. 가상이라지만 지난번 우주 비행보다 더 실감이 나서 무섭다."

시지프는 몸을 부르르 떠는 시늉을 하며 구토에게 이상 없다는 신호를 보냈다.

"재난 상황이라면 매뉴얼에 따라 몸을 피신할 대피소를 찾아가야 해."

주파수를 맞춘 버닝이 끼어들며 두 아이를 다그쳤다.

"가까운 A 대피소는 이미 다른 화성인들로 가득 차서 봉쇄되었어. 우린 다른 대피소를 찾아 나서야겠어."

구토는 바짝 붙은 버닝을 곁눈으로 흘겨보더니 몇 걸음 물러섰다. 서둘러 화성 도시 조감도가 있는 쪽을 향해 발걸음을 옮겼다.

"조감도엔 B 대피소까지 삼 킬로미터 정도 가야 하는 것으로 보여. 이동 시간을 줄여야 해. 타고 갈 만한 것이 있는지 찾아보는 것이 좋겠지?"

구토는 조감도를 손가락으로 가리키며 아이들을 뒤돌아보았다.

"아니야. 남은 거리와 모래바람의 강도를 봐선 지체할 시간이 없어. 뭔가 찾느라 시간을 허비하지 말고, 우선 이동하면서 주변을 살펴보자."

시지프는 구토에게 다가가며 고개를 세차게 흔들었다. 이 모습을 보던 버닝이 시지프를 앞질러 구토 앞에 먼저 다가갔다.

"우리 걸음으로는 대피소까지 어림도 없어. 화성 정착 매뉴얼에 비상시 이용하는 사륜 전동차가 있다고 했어."

"그래? 그럼 그게 어디에 있는데, 버닝?"

다가오는 버닝을 향해 구토는 눈빛을 반짝였다.

"화성에서는 태양에너지와 풍력 외에도 지하에 있는 얼음을 전기분해해서 에너지를 만든다고 배웠어. 어쩌면 배터리를 항상 충전해 놓기 위해 전기 충전소에 있을 가능성이 커."

버닝은 기다렸다는 듯 답을 쏟아냈다.

"전기 충전소는 다행히 대피소 가는 쪽에 있네. 좋아! 그곳으로 가자."

조감도에서 위치를 확인한 구토가 시지프 옆을 지나치며 슬쩍 어깨를 토닥였다. 구토의 손끝이 닿을 적마다 시지프는 가슴이 저리는 것을 느꼈다.

'잘못된 일이란 거 알아. 그래도 난 화성으로 가야 하니깐…….'

시지프는 구토와 버닝의 뒤를 말없이 따라 걸었다. 그사이 돔의 갈라진 틈으로 바람이 들이쳤다. 몰아치는 바람의 힘을 견디지 못하고 돔이 조금씩 부서지자 도시 안으로 화성의 모래바람이 작은 돌풍처럼 일어났다 사그라들었다. 산소 공급 헬멧과 보호복을 착용하고 있어서 호흡에는 문제없지만, 세아이의 숨소리가 저절로 거칠어졌다.

다급한 훈련 상황과 달리 튜터들은 관측실 모니터를 통해 학생들의 행동을 차분히 지켜보고 있었다. 학생들 몸에 부착한 센서를 통해 생체리듬, 호르몬 분비, 뇌 전자파 그래프를 실시간 확인했다.

"버닝은 역시 사전 조사를 철저히 해서 필요한 해결책을 제시하는군요."

"구토는 인지 판단과 신체 활성을 최고로 올리고 있습니다."

헬씨가 전송된 데이터를 분석하여 설명했다.

스크린에 비친 학생들 모습을 묵묵히 지켜보던 혁준이 존에게 다가갔다.

"튜터 존, 상황에 변화를 주셨으면 합니다."

"왜죠?"

존이 혁준을 쳐다보며 한쪽 눈썹을 치켜올렸다.

"시지프의 신체 반응이 너무 차분합니다."

"튜터 헬씨, 그럴 수 있지 않습니까?"

존은 모니터를 보고 있는 헬씨에게 분석 내용을 확인했다.

"차분하다는 것은 모든 상황을 이해하고 합리적인 대처 방법을 찾기 때문입니다. 주변 학생에게 안정적이고 긍정적인 영향을 주지 않습니까?"

헬씨의 대답에 혁준이 고개를 가로저었다.

"아니요. 전 좀 다른 느낌이 듭니다. 혹시 뇌파 반응을 확인할 수 있을까요?"

혁준이 이번엔 수연 쪽으로 고개를 돌려 물었다. 조용히 상황을 지켜보던 수연이 그제야 입을 열었다.

"지금 상황에서 보면, 시지프에게서 다른 학생들과는 다른 뇌 반응이 감지되긴 합니다. 구토와 버닝은 훈련 상황에서 받는 자극을 뇌의 하부에 있는 피질 연합에서 처리하고, 대뇌피질로 연결하여 생존을 위한 대처 방법을 결정하고 있어요. 이는 비교적 자연스러운 생리적 반응이고, 그에 따른 행동을 취하는 것으로 보입니다. 반면에 시지프는 대전두엽과 대뇌하부가 활성화되고 있어요. 이 부위는 추론, 판단, 계획 및 이행력 등을 담당하는 부분이기도 한데, 거짓말을 할 때도 활성화되죠. 혁준이 시지프의 차분함에 의문을 제기하는 것은 이점 때문이라고 생각되는군요. 즉, 지나치게 다른 학생들의 반응을 살피면서 행동하고 있어요. 이유가 뭘까요?"

"음, 그렇다면 튜터 혁준의 말이 맞는지 확인해 볼 필요가 있겠군요. 레벨을 조금 더 올려 시지프의 진짜 반응을 끌어내도록 하겠습니다."

존이 훈련장 키보드에 새로운 입력어를 전송했다. 순간 메인 보드가 가벼운 진동음을 내며 빠르게 상황을 전환했다. 혁준은 팔짱을 풀어 허리춤에 손을 얹더니 몸을 화면 쪽으로 깊숙이 숙였다.

보호 장비를 착용했지만, 휘몰아치는 모래바람에 한 치 앞을 볼 수 없었다. 건조한 모래가 삽시간에 도시 구석구석에 쌓이기 시작했다. 사륜 전동차는 버닝이 말한 대로 가까운 전기 충전소에 있었다. 사륜 전동차를 보자 아이들은 약속이라도 한 듯 힘껏 달리기 시작했다. 앞서 달려간 구토는 사륜 전동차에 서둘러 올라탔다. 시동을 걸고 속도를 올려 대피소로 향했다. 시지프와 버닝도 뒤를 따랐다. 모두가 두려움과 자신감 사이에 자리한 불안한 표정으로 핸들을 움켜쥐었다.

"서둘러, 구토. 시간이 얼마 없어!"

버닝이 선두에 있는 구토에게 서두르라고 재촉했다.

"통신 교란으로 목적지 설정이 안 되고 있어. 대피소까지 수동으로 조정해야 해."

구토는 짜증 섞인 목소리로 버닝의 말에 응수했다.

"홧할차차. 뚜룻뚜로."

그 순간, 통신이 다시 잡혔다. 구토의 아이워치 아바타가 요란스럽게 대피소까지 남은 시간과 이동 거리를 안내하기 시작했다.

"어? 아이워치에서 이 길이 아니라고 나오는데?"

"그래? 아닌 길을 갈 수는 없지. 구토가 앞장서!"

버닝은 계속해서 구토에게 먼저 가라고 소리쳤다. 구토는 가던 경로에서 오른쪽으로 핸들을 살짝 틀고 속도를 높였다. 거센 모래바람에 사륜 전동차가 일으키는 바람까지 더해져 사방이 온통 황사로 물든 것처럼 뿌옇게 흐렸다. 구토의 뒤를 따르던 버닝은 이 틈을 노려 핸들 방향을 다시 왼쪽으로 돌려 사라져 버렸다.

"뭐야! 이건?"

빠른 속도로 앞서가던 구토의 얼굴 앞에 어디선가 나뭇가지 하나가 날아들었다. 피하기에는 전동차가 이미 제어하기 힘들 만큼 속도를 내고 있었다. 구토는 나뭇가지에 부딪히며 휘청거리다 당황한 나머지 사륜 전동차의 핸들을 놓치고 말았다.

"으악!"

꽈당 탕! 순간 구토는 바닥에 나뒹굴며 충격으로 정신을 잃고 말았다. 속도를 줄이며 뒤따라오던 시지프는 눈앞에서 벌어진 사고를 확인하고 아랫입술을 질끈 깨물었다. 주변을 살펴봐도 버닝은 보이지 않았다. 도와줄 사람은 누구도 없었다. 전동차를 멈춰 세우고 급히 내렸다. 어느새 쌓인 모래가 발목까지 올라왔다. 모래 속으로 빠져들어 가는 발을 무겁게 한 걸음씩 옮기며 구토가 있는 쪽으로 걸었다. 바닥에 길게 늘어져 있는 구토의 한 손을 두 팔로 잡아끌며 구토의 몸을 일으키려고 안간힘을 냈다.

"구토, 정신 차려!"

"홧차차 뚜루루."

대답 대신 구토의 아이워치가 생체반응을 알리고 있었다. 시지프의 머릿속에서는 이곳을 피하고 싶은 마음과 정신을 차려야 한다는 생각이 팽팽하게 줄다리기하기 시작했다.

"야, 구토! 정신 차리고 일어나!"

팔을 세차게 흔들어대자 구토가 간신히 눈을 떴다. 아이워치 아바타도 덩달아 요동치기 시작했다.

"으윽. 어떻게 된 거야. 나 왜 누워있지?"

"나뭇가지가 날아와서 부딪쳤어. 그 바람에 전동차가 균형을 잃고 네가 떨어졌어."

"갑자기 뭐가 눈앞에 날아왔던 것 같아. 그리고 앞이 깜깜해졌어."

구토는 시지프의 부축을 받으며 팔과 다리에 힘을 주어 몸을 일으키려다 다시 주저앉았다. 넘어지면서 부딪쳤는지 한쪽 다리가 욱신거려 손으로 지그시 눌렀다. 묵직한 통증이 느껴지자, 구토가 울먹이기 시작했다.

"정신 차려, 구토. 지금은 훈련 중이라고. 그리고 이건 가상현실일 뿐이야."

울먹이는 구토를 달래느라 시지프는 등 뒤에서 다가오는 이상한 낌새를 눈치채지 못했다.

쏴아아악.

기분 나쁜 소리가 시지프의 귓전을 때렸다. 그제야 소리의 정체를 확인하기 위해 시지프는 고개를 돌렸다.

"세상에, 이게 무슨 일이야! 빨리 대피소로 피해야 해!"

눈앞에 벌어진 상황에 시지프의 동공이 저절로 커졌다. 이쪽으로 커다란 회오리가 다가오고 있었다. 시지프는 두 팔을 뻗어 구토의 상체를 일으켜 세웠다. 있는 힘을 다해 전동차 위로 구토의 몸을 던지듯 태웠다. 서둘러 전동차에 올라타 속도 게이지를 최대치로 높여 시동을 걸었다. 정차한 사이에 쌓인 모래에 헛바퀴가 돌며 시끄러운 굉음만 낼뿐 전동차는 앞으로 나아가지 못했다. 시지프가 눈썹을 파르르 떨며 위를 올려다 보았다.

'제발 도와주세요. 저를 벌하시는 건가요?'

시지프가 관측실을 향해 애절한 눈빛을 보냈다. 분명 훈련장을 보고 있으리라고 짐작했다. 눈 주변은 이미 눈물로 얼룩져 있었다. 관측실의 스크린을 통해 시지프의 물기 어린 눈빛을 읽은 혁준은 주먹을 힘껏 움켜쥐며 눈을 질끈 감아버렸다.

전동차 뒷자리에 축 늘어진 구토가 신음 소리를 냈다. 시지프는 주저할 수 없었다. 전동차에서 구토의 몸을 일으켜 다시 끌어 내렸다. 모래가 쌓인 바닥에 구토를 앉힌 후 구토의 둥근 등 위로 시지프가 몸을 포개며 엎드렸다.

'제발.'

대피소에 먼저 도착해 있던 버닝은 굳게 닫은 문 안에서 서성거렸다. 바깥쪽 소리에 귀 기울이며 입술을 자근자근 씹어 댔다.

"시지프 이 녀석은 왜 아직 안 오는 거지? 아빠가 미리 얘기해 놨다고 했는데, 제대로 전달된 게 맞아? 설마 짝을 잘못 고른 건 아니겠지? 아니야, 아니야. 아빠가 정보를 잘못 알아봤을 리가 없어. 어쨌든 난 통과할 테니까. 그럼 됐지 뭐."

기다리기를 포기하고 막 돌아서려는 찰나 대피소 문이 열리며 눈 시린 빛이 쏟아져 들어왔다. 버닝은 눈이 부셔 손바닥을 펴들고 눈앞을 황급히 가렸다.

우당탕!

거친 모래바람을 맞으며 십여 분을 걸어온 시지프가 부축하던 팔을 풀어 구토의 몸을 대피소 안으로 밀어 넣었다. 구토가 대피소 안에 완전히 들어간 것을 확인한 후, 뒤따라 들어와 대피소 문을 닫았다. 그와 동시에 시간 종료 알람이 울렸다.

시지프와 구토는 안도의 숨을 가쁘게 내쉬며 앉은 자리에서 서로 끌어안았다. 시간 안에 들어온 것을 확인하자, 끝났다는 후련함과 알 수 없는 허탈함이 엄습해 왔다. 시지프와 구토는 눈물과 콧물로 범벅이 된 서로의 얼굴을 쳐다보았다.

“야, 이게 어떻게 된 거야? 구토를 데리고 오면 어떡해?”

버닝이 둘의 모습을 보고 산소 공급 헬멧을 벗어 던지며 말했다. 씩씩거리며 가쁜 숨을 몰아쉬는 버닝을 시지프가 천천히 올려다보았다.

“왜? 우리가 들어온 게 무슨 문제라도 있는 거야?”

“무슨 소리 하는 거야, 시지프? 너 엄마에게 전해 들은 이야기 없었어?”

시지프는 잠시 당황하며 구토의 눈치를 살폈다. 머뭇거린 것은 잠시뿐, 곧 목소리에 힘을 주었다.

“친구가 어떻게 되든 말든, 너처럼 시험만 통과하면 된다는 이야기 말이야?”

기운을 차린 구토도 버닝을 향해 소리쳤다.

"야! 버닝, 너 같은 인간만 가는 화성이라면 나는 안 가련다. 혼자만 살고 싶은 것이 네 꿈이라면 지옥도 그럴 가치가 있을 거다!"

"지금 무슨 소리 하는 거야? 이건 테스트라고. 우리가 왈가왈부할 게 아니야. 재난 상황을 가정해서 대처하는 거라고. 안전하게 대피소를 찾아가는 것이 이번 해결 과제야."

이렇게 말했지만, 버닝은 두 아이의 태세 전환에 불안한 마음이 소용돌이쳤다.

"그래, 우리가 과제를 해결해야지. 근데 너는 너 혼자가 아닌 것 같아서 하는 말이야."

"시지프, 알아들을 수 있게 말을 해. 내가 뭐?"

"버닝, 너는 아바타야. 너희 아빠의 아바타라고."

"야, 질투도 적당히 해야 보기도 좋은 거야. 우리 아빠가 아니었으면 너희 엄마 능력으로 네가 여기까지 올 수 있었을 것 같아?"

B2C 스튜디오를 지켜보던 존이 굳은 얼굴로 관측실 마이크를 켰다.

"튜터 존입니다. 긴급 상황을 슬기롭게 대처하느라 수고 많았습니다. 오늘 테스트에서 국제항공우주국(UNI-NASA) 추천권을 받을 수 있는 학생은 단 두 명입니다."

스튜디오 가득 울려 퍼진 튜터 존의 목소리에 학생들은 얼음이 된 듯 일순간 동작을 멈췄다. 정적을 깬 건 버닝이었다.

"그렇지. 우리 아빠가 틀릴 리 없지. 원래대로 가고 있네. 하하하."

시지프는 튜터 존과 버닝의 말에 금방이라도 쓰러질 것 같이 정신이 아득해져 왔다.

"아니야……. 이건 말이 안 돼."

"뭐가 말이 안 돼? 이렇게 하기로 했잖아."

"이렇게 하기로 했다니? 너희 뭔가 알고 있지? 그렇지? 말해 봐! 버닝! 시지프!"

구토는 두 아이의 팔을 잡아끌며 흔들어댔다. 버닝과 시지프는 아차 싶어 서로 눈을 피하며 구토에게 잡힌 팔을 빼내려고 황급히 몸을 비틀었다. 둘만 아는 비밀이 있었다는 생각이 스치자 구토는 기가 막혀 빈손만 쳐다보았다. 정적을 깨고 다시 관측실 스피커에서 소리가 울려 퍼졌다.

"튜터 존입니다. 오늘 테스트를 통과한 학생은 없습니다. 추천권은 유보하겠습니다."

"뭐라고? 지금 무슨 소리 하는 거예요? 통과된 사람이 없다는 거예요?"

튜터 존의 안내를 들은 버닝이 소리쳤다. 일그러진 버닝의 얼굴에 핏기가 사라졌다. 분명 매뉴얼대로 재난 상황에 맞게 행동했다. 아무리 되짚어 봐도 실점을 받거나 NP 유형에 어긋날 만한 행동은 하지 않았다. 계획에서 한 치의 어긋남도 없었다. 도대체 왜? 버닝은 순간 어지러움을 느꼈고, 시지프를 향해 분노가 치밀어 올랐다.

"지금까지 잘해 왔다고! 빈틈없이. 그런데 네가 망쳤어. 시지프! 능력도 없는 주제에 잘난 체나 하는 구토를 도와준다고 설쳐대는 바람에 튜터들이 눈치를 챈 거야. 자기 밥그릇도 챙길 줄 모르는 녀석이라니……. 이럴 줄 알았으면 차라리 둘 다 떨어지게 해야 했어!"

"야! 너, 정말!"

시지프가 괴성을 지르며 버닝의 얼굴을 향해 주먹을 날렸다.

이 모든 모습을 관측실에서 지켜보던 존이 상황 종료 버튼을 누르며 말했다.

"상황 종료."

스튜디오 불이 환하게 켜졌다.

#D+2

"시지프, 그만 서성대고 여기 와서 앉아있으렴."

헬레나는 엄지손가락으로 관자놀이를 꾹꾹 누르며 소파에 기대었다.

국제 표준 시간 십삼 시 오십팔 분이다. 사건이 일어나고 사십팔 시간이 지났다. 학교에서는 이번 사안에 대해 선도위원회를 열기로 했다. 시지프와 생물학적 부모에게 십사 시까지 코스믹스 K 학교 2145-3호 대기실로 오라는 메시지를 전송했다.

"시지프, 이름을 부르면 그때 들어가면 된다더구나."

선도위원회에 대해 미리 알아본 헬레나는 무엇을 대비해야 할지, 어떤 것이 결정될지, 할 수 있는 것은 무엇인지 여러 경우의 수를 미리 생각해 두었다.

"이름이 언제 불리는데요?"

입술이 바짝 마른 시지프는 불안한 표정을 감추지 못했다.

"곧 부르겠지. 그러니 얌전하게 앉아있으렴, 시지프."

헬레나는 시지프의 이름을 연거푸 부르며 걸터앉은 소파 위로 다리를 새로 꼬았다. 시지프가 재촉에 못 이기는 척 발걸음을 돌려 소파 위에 풀썩 몸을 던졌다. 오래된 소파에서 이는 먼지에 빛이 반사되어 눈앞을 어지럽혔다. 날리는 먼지를 바라보던 시지프가 고개를 돌려 헬레나의 모습을 위아래로 살폈다.

"엄마는 오늘 의상이 너무 화려하신데요."

빨간색 투피스에 반짝이는 큐빅 구두가 조명 아래서 빛나고 있었다.

"그러니? 그래도 점잖게 입은 건데. 오늘 위원들이 무슨 말을 해도 기죽을 필요는 없지 않겠니?"

헬레나는 화성 정착권을 받을 수 있을 거라 확신하며, 시지프를 위해 애쓴 지난 시간을 떠올렸다. 오늘만 잘 넘기면 된다는 계산이 있었다.

"학교에서 지금까지 너만큼 성실하고 우수한 아이는 없었어. 그들도 인정할 거야. 나는 모르는 일이라고 말하면 돼. 서류상 아무 문제가 없어. 이 학교에서 너를 놓치면 학교 손해지. 그럼, 그럼."

"화성 정착권을 얻기 위해 저는 매일 제 기록을 높여야만 했어요. 하지만 제가 원해서 한 것은 없어요. 거짓말과 거짓 행동…… 이젠 지겨워요."

"시지프! 무슨 소리니? 여기까지 노력해서 왔잖아. 결승선이 바로 앞에 있는데 인제 와서 포기하겠다는 거야?"

헬레나는 꼬았던 다리를 풀며 잔뜩 굳어있는 시지프에게 단호한 표정을 지어 보였다. 순간 진한 향수 냄새가 훅 뿜어져 왔다. 시지프는 정신이 아찔했다.

"시지프, 헬레나. 들어오세요."

"네."

간결한 대답을 던진 헬레나는 시지프가 혹여나 말실수하지 않을까, 다짐받듯 시지프에게 눈에 힘을 잔뜩 실어 보였다.

선도위원실 출입문 전광판의 초록색 불빛을 보며 회의실에 들어섰다.

"본인 확인 부탁드립니다. 대상 학생 시지프와 생물학적 엄마인 헬레나."

시지프와 헬레나는 안내 로봇의 지시에 따라 홍채 인식을 완료했다.

"본인 확인되었습니다."

"여기에 와서 앉으렴."

혁준은 시지프에게 지정 자리에 앉으라고 손짓했다.

"네."

겨우 들릴만한 목소리로 대답한 시지프가 좌석에 앉았다. 낯선 분위기에 눌려 어깨가 자꾸 움츠러들었다.

"시지프, 괜찮아. 처음이라 낯설고 두려울 거야. 그래도 한번은 겪어야 하는 일이니. 너무 긴장하지 말고, 솔직하게 말하면 돼. 알겠지?"

혁준은 시지프의 손등을 가볍게 감싸 쥐었다가 누가 볼세라 재빠르게 손을 뺐다.

시지프가 고개를 들어 선도위원실을 살펴보았다. 표정, 행동, 어떤 것도 숨길 수 없을듯한 환한 조명이 사방에 켜있었다. 위원장으로 짐작되는 사람의 얼굴이 스크린에 띄워져 있었다.

위원장, 나프토

스크린에는 위원장의 이력도 이름과 함께 올라갔다. 나프토는 오늘 사안을 신중하게 살펴보겠다는 듯 쌍꺼풀 짙은 두 눈을 가늘게 뜨며 존에게 건네받은 파일을 연신 살펴보고 있었다.

"2145-006호 선도 대상 시지프입니다."

인공지능 튜터 존이 서류를 스크린에 띄웠다.

사건 번호 2145-006호

시지프 사건으로 불리는 이번 사건의 번호였다.

"시지프는 휴먼 데이터에 NP 유형으로 등록된 학생입니다. 대상 유형 학생들이 실제 화성에서도 최고의 능력을 발휘할 수 있도록 학교에서는 적합한 프로그램을 제공했습니다. 시지프는 이 프로그램에 참여하고 있는 학생 중에서도 성적이 우수하고, 누구보다 성실히 수행했습니다. 사안이 발생하기 전까지 화성 적응 훈련에서 최종 단계만을 남겨두고 있었습니다. 그러나 이천백이십사 년 십일 월 삼십일 일 훈련 학생 중 한 명을 구타했습니다. 이에 학생에 대한 선도위원회를 개최하게 되었습니다."

튜터 존이 그동안 있었던 일을 일목요연하게 발표했다. 그 사이 라키비움에서 반출한 시지프의 이력이 홀로그램으로 위원들 사이를 지나다녔다. 위원장 나프토는 헛기침을 내뱉으며 입을 열었다.

"우선은 사안이 독특합니다. 다른 학생에게 폭력을 행사했는데 학교폭력위원회가 아닌 선도위원회를 개최한 이유가 궁금하군요."

이어 시지프를 바라보았다.

"훈련생에게 주먹을 휘두른 것이 사실입니까? 시지프."

"아니요! 그렇지 않아요."

머뭇거리는 시지프를 대신해 보호자 좌석에 앉아있던 헬레나가 서둘러 대답했다.

"시지프는 훈련 상황에 맞게 해결책을 찾고 행동했어요. 구토라는 멍청한 아이까지 안전하게 대피소로 들어오게 했고요. 근데 그 버닝이라는 아이가 자기가 탈락한 것 때문에 우리 시지프를 자극한 거예요. 시지프 때문에 떨어졌다고 겁을 주고,

시지프를 혼란스럽게 만들어서 그런 거라고요."

헬레나의 설명을 듣던 혁준이 미묘한 표정을 지으며 생각에 잠겼다. 그동안 학교에서 본 시지프의 모습을 떠올리던 혁준은 결심한 듯 두 입술을 포개더니 이윽고 무겁게 떼었다.

"위원장 나프토. 학교폭력위원회가 아닌 선도위원회를 개최해야 한다고 주장한 것은 저입니다. 시지프가 훈련생에게 주먹을 휘두르는 잘못을 저지르기 이전에 본인의 성적을 조작한 사실을 확인했습니다. 이것은 학교 규정을 어긴 사안이고 엄중히 다뤄야 합니다."

"성적을 조작했다고 하셨습니까? 튜터 혁준."

"네, 맞습니다."

"성적을 조작했다고 주장할 증거는 있는 건가요?"

"네. 있습니다."

"무엇인가요?"

"바로 학생 본인이 스스로 정정을 신청했기 때문입니다."

"정정?"

혁준의 연이은 답변에 위원장은 번번이 재차 확인했다. 놀란 헬레나가 불쑥 끼어들었다.

"무슨 말이에요? 정정이라니요?"

혁준이 상기된 헬레나를 잠시 보더니, 말을 이어갔다.

"네. 화성 적응 훈련 하루 전에 학생 본인이 제게 정정을 요청했습니다."

일순간 장내가 쥐 죽은 듯 조용해졌다. 헬레나조차 할 말을 잃었다. 그저 천천히 고개를 돌려 시지프를 바라볼 뿐이었다.

"언제, 어디서였죠?"

위원장 나프토의 눈빛이 날카롭게 빛났다.

"이천백이십사 년 십일 월 삼십 일. 학교 라키비움에서 요청했습니다."

위원장 나프토가 시선을 다시 시지프에게 두었다.

"이번엔 시지프가 이야기해 보겠어요?"

"제가…… 제가 말씀드렸어요. 라키비움에서 튜터 혁준을 만났어요. 제가 구토의 아이워치를 가지고 있었거든요."

"시지프는 왜 구토의 아이워치를 가지고 있었지요?"

"그게……."

시지프는 헬레나가 앉아있는 쪽을 곁눈질했다. 눈빛이 흔들리는가 싶더니 이내 마른침을 삼키고 입을 뗐다.

"구토의 아이워치를 복제해서 아이워치의 정보를 바꿨어요."

말을 이어가던 시지프의 어깨가 들썩였다. 떨리는 입술 사이로 흐느끼는 울음이 조금씩 새어 나왔다.

"시지프, 너 제정신이니? 아니에요. 얘가 놀라서 아무 소리나 하는 거예요. 아이가 뭘 알겠어요? 우리 아이는 성실히, 우수한 성적으로……."

"엄마, 그만 하세요. 이제 그만 하세요. 버닝 아빠에게서 사전에 시험 정보를 받으셨잖아요. 화성 정착권이 두 명에게만 주어지리라는 것도 아셨고요. 구토를 떨어뜨리기 위해 구토의 아이워치에 잘못된 경로 인식을 심어 놓으라고 했잖아요. 그러면서 저에게 모두 제 미래를 위한 것이라고……. 구토는 제 친구라고요. 엄마는 그저 제 성적에만 관심을 가질 뿐이에요. 제가 하고 싶은 말도 행동도 다 못하게 하고, 그저 NP 유형으로 행동하라고 하시잖아요. 어떤 모습이 제 미래여야 하는지 모르겠어요. 제가 얼마나 힘든지 아세요? 그렇게 저만 화성으로 가면 행복할 거로 생각하시는 건가요?"

양 볼을 타고 흘러내리는 눈물을 연신 주먹으로 훔치는 시지프지만 진실을 밝히고 싶어 하는 눈빛은 더욱 또렷해졌다. 혁준은 시지프를 바라보며 다시 입을 열었다.

"훈련이 있기 하루 전, 라키비움에 있는 시지프를 보았습니다. 평소 시지프가 좀 경직되어 있다고는 느꼈지만, 그보다 더 초조해하는 모습에 그냥 지나칠 수 없었습니다. 무슨 일이 있다는 것을 직감한 저는 시지프에게 다가갔고, 시지프는 일부러 제 앞에서 구토의 아이워치를 놓치며 도움의 신호를 보냈습니다."

"그러곤 시지프가 정정을 요청했다는 겁니까?"

듣고 있던 위원장 나프토는 혁준에게 거듭 질문을 했다.

"저는 시지프가 구토의 아이워치를 가지고 있는 것이 이상해 어떻게 된 건지 물었습니다. 앞서 시지프가 말한 대로 부모의 지시가 있었고, 시지프는 훈련이 이대로 진행되면 자기와 버닝은 통과하고 구토가 떨어질 줄 알면서도, 부모의 뜻에 따랐다고 했습니다. 하지만 친구를 배신한다는 자책에 혼란스러웠다고 합니다. 지금이라도 바로잡고 싶다고 양심 고백했습니다. 그동안 자신이 학교에 제출한 데이터도 거짓이며, 부모에 의해 조작된 내용이라고 했습니다."

혁준은 담담하게 말을 이어갔다. 이 작은 아이가 겪었을 혼란과 고통의 시간을 생각하자 머릿속이 뜨거워졌다.

“튜터 혁준, 우린 학생 데이터를 매일 대조하며 확인 작업을 마칩니다. 데이터 간 허점은 있을 수 없습니다.”

인공지능 헬씨는 홀로그램으로 시지프의 자료를 다시 띄운다.

“네, 그렇게 데이터 분석만을 했기 때문에 부모의 개입 여부까지 확인이 되지 않았던 것입니다. 시지프와 버닝의 부모는 본인이 가진 능력으로 자녀에게 유리한 정보만 학교에 수집되도록 모의했습니다. 사건은 여기서부터 시작된 것입니다.”

“무슨 소리를 하시는 거예요? 인공지능이 분석하여 오류가 없다고 하잖아요. 뭘 안다고 그러세요? 그것도 오 년 차밖에 안 되는 신규면서……. 사람보다 우수한 인공지능이 오류가 없다잖아요.”

헬레나는 혁준의 말에 반박하기 위해 언성을 높였다.

“네……. 저는 오 년 차밖에 안 되는 경력에, 인공지능보다 부족한 인간 튜터입니다. 하지만 인간이기에 시지프의 고통을 누구보다 공감합니다.”

혁준이 목소리를 높이는 헬레나에게 지지 않고 응수했다.

“현재까지는 인공지능이 사람의 감정을 완전히 이해하고 느낄 수 없습니다. 인공지능은 주어진 데이터와 알고리즘에 따라 패턴을 학습하고 예측합니다. 향후 감정 인식 기술이 등장할 수 있을지 모르지만, 그때도 버닝이나 시지프의 부모처럼 허점을 알고 속이려 들면 인공지능은 결과만 두고 평가할 것입니다. 그 끝이 무엇입니까? 우리가 학생을 결과로만 보지 않았다면 한 아이가 성적을 위해 자기의 본모습을 숨기고, 친구의 아이워치를 조작하고 속여가며, 훈련 중 주먹을 휘두르는 참변이 생겨나지 않았을 겁니다."

그 말에 튜터 헬씨가 날카로운 어조로 이의를 제기했다.

"지금 무슨 말을 하는 겁니까? 튜터 혁준. 감히 그런 말을 할 수 있습니까?"

"죄송합니다. 존경하는 튜터 헬씨. 저도 당신들처럼 완벽하고 정교한 튜터가 되고 싶었습니다. 그러는 사이 제가 놓친 게 있었습니다."

"그게 뭐죠?"

위원장 나프토가 흥미로운 듯 물었다.

"관심입니다. 살아있는 학생은 데이터만으로 나타날 수 없는 것입니다. 학생의 특성은 항상 지켜보고 느끼고 생각해야만 보이기 시작하는 겁니다. 이번 사건으로 제가 깨달은 것입니다."

"당신 감상 따위 듣고 싶지 않아요!"

헬레나가 악을 썼고, 혁준은 그 모습을 그저 쳐다봤다.

"그때 튜터 혁준을 만나지 않았다면 저는 끝내 제 양심을 버렸을지도 몰라요. 제가 도움이 필요하다는 것을 알고, 먼저 다가와 준 튜터 혁준이 있었기에 사실을 말할 용기가 생겼어요."

"그랬군, 시지프."

위원장 나프토가 시지프의 말에 고개를 잠시 끄덕인 후, 혁준에게 물었다.

"그 후 튜터 혁준은 어떻게 했나요?"

"다음 날 테스트에서 총괄 감독을 맡은 휴머노이드 존과 접속하여 연락했습니다."

혁준이 대답하자, 모두 존을 바라봤다.

"그래서? 이제 튜터 존이 말해보겠어요?"

아무 말 없이 가만히 듣고 있던 존이 위원장의 요구에 허리를 세워 고쳐 앉았다.

"네, 저는 튜터 혁준의 말을 믿을 수 없었습니다. 이미 프로그램된 대로 데이터를 분석하고 평가하니까요. 이런 알고리즘

오류는 용납이 안 됩니다. 그래서 무시했습니다. 하지만 다음 날 훈련에서 예정과 달리 훈련 환경에 변화를 주어 학생 반응을 살폈습니다. 혁준의 말이 사실인지 확인해야 하니까요. 튜터 혁준의 말은 사실이었습니다."

존은 비로소 시지프를 바라보았다. 눈이 마주치자, 시지프가 갈색 눈동자를 가진 아이라는 것이 보였다. 잠시 생각하던 존이 멈췄던 말을 이었다.

"저는 이 일을 나쁘게만 받아들이지 않습니다. 사실 올바르게 가는 거죠. 저는 이번 일로 인공지능 튜터가 가지고 있는 대량의 정보 분석력이 모든 것을 대신할 수 없다는 것을 확인했습니다. 인공지능 튜터는 학생들의 문제 해결 능력을 향상하는 프로그램을 개발하거나, 학생들이 발표한 답변을 자동으로 분석하여 피드백을 제공하는 등의 임무를 수행할 수 있습니다. 이를 통해 학생들의 학습 효율을 높인다는 사실을 자랑스럽게 여깁니다. 하지만 기술로 대체할 수 없는 것도 있었습니다. 인간적인 감성과 상호작용, 그리고 가르치는 기술 밖에 존재하는 관심과 애정입니다. 튜터 혁준이 아니었다면 우리는 한 학생을 제대로 살펴보지 못했을 겁니다. 그건 데이터로 나타나지 않으니까요. 따라서, 우리는 상호 보완하며 협업하는 것이 중요합니다. 그리고 이러한 협업을 통해 더 나은 교육 환경을 제공할 수 있을 것입니다."

#일년후, 다시학교

"가슴뼈를 내리고 아랫배에 힘을 주세요. 척추를 바로 세우고 팔을 최대한 멀리 보내세요."

튜터 혁준이 생체 활성화 교실에서 필라테스 동작을 지시했다.

"튜터, 저 좀 도와주세요. 잘 안되네요."

도움을 요청하는 학생의 목소리에 뒤를 돌아보았다. 생체 활성화 교실 창가에 놓인 리포머에서 땀방울이 송송 맺힌 은빛 머리가 고개를 들고 있었다. 그 학생은 한쪽 팔을 번쩍 들어 흔들어 보이며 활짝 웃고 있었다. 학생의 가슴엔 '코스믹스 K 학교 시지프' 이름표가 햇살을 받아 반짝이고 있었다.

우린 공존할 수 있을까?

— 윤자영 —

1

소문으로만 들었던 일이 우리 학교에서도 현실이 되었다. 나는 침을 꼴깍 삼키며 스마트워치로 교장 선생님 말씀을 듣고 있었다. 교실에는 충격적인 사실을 받아들이지 못하는지 분노하여 소리치는 아이들도 있고, 재밌겠다고 웃는 아이, 심지어 두렵다고 우는 아이도 있었다.

지구인과 외계인의 혼합반 실시.

교실 문이 벌컥 열리며 베프인 인경이 들어왔다.
"소린아, 장소린 이게 말이 돼?"
"조용히 해봐. 계속 들어보자고."

인경은 내 옆으로 와서 스마트워치에서 들리는 교장 선생님 말씀을 계속 들었다.

"대한민국 제4 도시의 건설과 함께 최초로 만든 우리 제1 고교는 역사와 전통을 우주 도시와 같이하는 명문 고등학교입니다. 이번 혼합반 실시는 우주의 지적 생명체인 지구인과 외계인은 평등하다는 헌법 제1조에 따라 실시하는 것이니, 지구인 학생이나 외계인 학생은 아무런 걱정하지 말고 공부를 열심히 하십시오. 일단 최소한의 인원을 시작으로 단계적으로 진행할 테니 여러분들이 걱정하는 그런 일은 하루아침에 일어나지 않을 것입니다. 먼저 각 종족에서 두 명씩 서로의 반으로 보내 적응 기간을 갖겠습니다. 제4 도시의 미래를 위하여 서로 혐오를 중지하고 화합해 봅시다."

외계인과의 혼합반이라니 나는 머리가 아팠다. 지구인과 외계인 사이의 경계는 제4 도시가 처음 건설될 때부터 그어져 있었다. 공존이란 상상도 할 수 없었기 때문이다. 하지만 지적 생명체 간의 평등한 교육 조건을 맞추기 위해서 지구인과 외계인은 같은 학교에 다니고 있었다. 교장 선생님의 말씀이 끝나자, 인경이 주먹으로 책상을 내리쳤다. 큰 소리에 정신이 번쩍 들었다.

"왜 그래? 놀라게."

"소린이 너 외계인반으로 가고 싶어?"

"무슨 소리야?"

"소문에 의하면 성적이 낮은 학생을 외계인반으로 보낸다는 거야."

"뭐? 그런 법이 어딨어!"

공부라면 담을 쌓은 나였다. 물론 성적으로 결정한다면 인경은 백 퍼센트 확정이다.

"넌 간당간당하겠지만 난 무조건 가야 한다고. 냄새나는 저들과 어떻게 한 교실에 있냐 말이야."

외계인들에게는 진한 풀 냄새가 난다. 어떤 이는 독한 허브 향이라고 하고, 어떤 이는 썩은 마늘 냄새라고도 한다. 그 이상한 냄새가 외계인을 가까이하기 힘든 첫 번째 이유다. 다음은 외모다. 외계인은 체격이 작다. 뚱뚱한 이 하나 없이 모두 마르고 키가 작다. 나는 키가 작은 편이어서 백오십칠 센티인데 외계인 어른보다도 더 크다. 몇몇 어른들이 이렇게 말하는 것을 들었다. 키는 작은 놈들이 제4 도시를 우주에 띄울 때 에너지 좀 공급했다는 이유로 꽤 거만하다고. 아무튼 지구인들은 대체로 외계인들을 싫어한다.

"몰라. 소린아, 이따 학교 끝나면 가상 지구 체험이나 하자."

우주에 거대하게 떠있는 푸른색 지구. 지금은 사람이 살기 힘든 곳이라고 하지만 나는 푸른색 지구를 보면 마음이 편해진다. '가상 지구 체험'은 여기 우주 도시에서는 할 수 없는 일을 경험해 보는 체험이다. 신형 VR은 나노 로봇이 중추신경에 직접 연결되어 실제 같은 경험을 제공한다. 지구로 내려가 초록 강물에서 놀고, 푸른 바다에서 수영할 수 있다. 나는 배경을 겨울로 설정해 눈밭에서 구르고, 눈사람 만드는 것을 가장 좋아한다.

"좋아."

하지만 가상 지구 체험을 하자는 약속은 지켜지지 않았다. 담임 선생님이 외계인반으로 이동하는 학생들의 명단을 발표했기 때문이다. 나는 자리에서 일어나 불공평하다고 소리쳤다. 하지만 담임 선생님도 학교의 결정을 바꿀 힘이 없다고 말했다. 난 두려웠다. 외계인반으로 간다니 머리가 아팠다. 보건실에서 열을 측정하니 체온이 올라 있었다. 결국 나는 조퇴했다.

2

마음이 몸을 지배한다는 말이 맞는지, 미열이 저녁부터는 고열로 발전했다. 저녁에 일을 마치고 들어온 엄마 얼굴을 보자 울음이 터져 나왔다.

"엄마……."

엄마는 놀라서 가방을 내팽개치고 침대 옆으로 다가왔다.

"소린아, 무슨 일 있어? 왜 울고 그래? 몸은 또 왜 이렇게 뜨거워?"

"엄마, 나 내일부터 외계인반으로 가야 해."

엄마는 놀라고 당황한 표정으로 내 침대 옆에 걸터앉았다. 하지만 엄마는 더 이상 아무런 말이 없었다. 나를 위해 분노하고 학교에 연락해 주길 바랐지만, 엄마는 그저 입을 다물고 나를 바라보기만 했다.

"엄마? 왜 아무 말이 없어? 당장 학교에 전화해서 따져줘."

엄마는 말없이 나를 바라봤다.

"엄마, 뭐라고 말 좀 해봐."

"…… 할 수 없지."

"할 수 없다고? 엄마 딸이 외계인반으로 가게 생겼다니까?"

"엄마는 소린이가 잘하리라 믿어."

"엄마? 뭔 소리야?"

"우주의 모든 지적 생명체는 평등하다는 법이 있잖아."

"싫어. 내가 왜 그런 법에 희생되어야 하냐고. 나 학교 안 갈 거야."

엄마는 침대에서 일어섰다. 그리고 내 어깨에 손을 올렸다.

"대한민국 제4 도시에서는 그렇게 살 수 없는 것을 알잖아. 엄마 씻고 나올 테니 삼십 분 후에 저녁 먹을 준비해."

맞는 말이다. 우주 도시에서는 맘대로 학교를 빠질 수 없다.

지구는 인간이 거주하기 어려운 곳이 되었다. 과학자들은 지구의 기온이 1.5도만 올라도 살 수 없는 곳으로 변한다고 경고했었다. 사막이 더 넓어져 짙은 초미세먼지가 발생했고, 바닷가 도시들이 잠기기 시작했다.

인간들은 기후 위기에 대한 해법으로 우주 도시를 건설했다.

수많은 우주 도시가 인공위성처럼 지구를 공전하고 있다. 비좁은 우주 도시는 한계 인구가 있다. 그래서 우주 도시에서 살아가려면 열심히 일해야 한다. 학생들은 공부를 충실히 해서 우주 도시의 훌륭한 일꾼이 되어야 했다. 이런 상황을 모두 알면서도 부아가 치밀었다.

"그런 영양 덩어리 음식은 안 먹어! 난 지구의 떡볶이를 먹고 싶단 말이야!"

물론 떡볶이는 가상 지구 체험 VR에서나 먹을 수 있는 음식이지만 말이다.

인경에게 전화가 왔다. 인경은 노발대발했다. 그나마 다행인 것은 베프인 인경과 함께 외계인반으로 가는 것이다. 인경이 내일 교장실에 가서 따지자고 했다. 그렇게 생각하니 몸이 좀 가벼워졌다. 학교에 가자마자 교장실로 가서 따지기로 마음먹고 잠을 청했다.

다음 날 아침 교문에서 인경을 기다렸다. 잠시 뒤 도착한 하늘 버스에서 인경이 몇몇 학생과 함께 투명 엘리베이터를 타고 내려왔다.

"인경아."

"소린아. 마음 단단히 먹어야 해. 우리가 첫 번째 희생자로 남을 순 없어."

"난 너만 믿어."

곧이어 외계인들 전용 지하 버스에서 외계인 학생들이 엘리베이터를 타고 올라왔다. 외계인 여학생들이 옆으로 지나가며 나와 인경을 보았다. 신경이 날카로워진 인경이 소리쳤다.

"뭘 쳐다봐. 냄새나는 것들아."

외계인 여학생들은 자기들끼리 마주 보더니 어깨를 쓱 올리고 가던 길을 갔다.

"저년들까지 우리를 무시하네."

"신경 쓰지 마. 어서 가자. 교장실로."

평소에는 와보지 않는 곳이었는데, 교장실 문은 거대했다. 아니 실제로 거대한 것이 아니라 나의 마음이 위축된 것이리라.

인경이도 긴장되는지 심호흡하고 노크했다. 순간 나무 문이 투명해졌다. 집무 책상에 앉아있던 교장 선생님이 우리를 보고는 책상 위 버튼을 눌렀다. 문이 다시 나무로 변하더니 옆으로 스르륵 하고 열렸다.

스포츠형 짧은 머리에 굵은 뿔테 안경, 안경 렌즈 속에는 이글이글 불타는 두 눈동자가 있었다. 위협적인 외모의 교장 선생님은 우리를 보고 굵은 목소리를 냈다.

"뭐지?"

인경이 떨리는지 내 뒤로 숨으며 나를 앞으로 밀었다. 인경은 교장 선생님의 박력 있는 모습에 겁을 집어먹은 것이다. 할 수 없이 내가 입을 열었다.

"저, 혼합반을 다시 생각해 주십시오."

교장 선생님이 자리에서 일어섰다. 거대한 산 같았다.

"학생은 자신이 누군지 먼저 밝히는 게 예의인 것을 모르나?"

"저, 저는 이번에 외계인반으로 가게 된 장소린입니다."

교장 선생님이 내 이름을 듣더니 피식 김빠지는 소리를 냈다.

"뒤에 숨어있는 놈도 같이 외계인반에 가는 학생이겠지?"

인경이 어깨를 움츠리고 나왔다. 자신만만하더니 잔뜩 졸아 있었다.

"저는 최인경이에요."

"최인경, 전교 꼴등?"

"교장 쌤, 놀리시기예요?"

인경이 반발했다.

"놀려? 내가 그 어떤 거짓을 말했나?"

교장 선생님의 표정은 변함없었다. 장난으로 놀리는 것이 절대 아니었다.

"저도 제가 전교 꼴등인 줄 안다고요. 대놓고 말씀하실 필요는 없잖아요."

"알아? 그럼 잘됐군. 지금 자네들이 나를 찾아온 이유는 외계인반에 가기 싫다는 것인데, 이건 우리 학교를 위해서 누군가 해야 하는 일이야."

"그래서 꼴등인 저더러 가라는 거예요?"

"그럼 모두 가기 싫어하는 외계인반에 누굴 보낼까? 인경이 네가 교장이라면 누굴 보낼 건가?"

"으…… 아무튼 불공평해요."

"불공평? 지금 제4 도시에서는 어른이라면 일해야 하고, 학생이라면 공부해야 하는 것을 아는가?"

"치……."

"치? 인경이 넌 학생이고 미성년자라서 아직 아무런 페널티도 받지 않는 거야. 만약 네가 이대로 졸업한다면 바로 지구로 추방이야. 지구로 가고 싶니?"

지구에도 사람들이 산다고 했다. 그들은 지하에 도시를 건설해서 살고 있다. 하지만 예정된 삶을 살아야 한다. 지구의 온도가 오르고 플라스틱 쓰레기들이 미세플라스틱을 거쳐 초미세플라스틱으로 분해되었다. 지구의 물 중에 초미세플라스틱이 포함되지 않은 물은 없었다. 그 물을 마시면 불임이 되고, 사십 살쯤 되면 뇌혈관이 터져 죽는다고 했다.

제4 도시의 인구는 포화 상태이다. 새로운 아이를 낳기 위해서는 필요 없는 인간을 지구로 추방해야 한다.

"너희가 우주 도시에서 살 방법은 단 하나! 외계인과 친해져라. 그래야 제4 도시에서 살아갈 수 있을 것이다."

"단지 친해지기만 하라고요?"

"인경이 넌 전교 꼴등인데 성적을 올릴 수 있을 것 같니?"

인경이 주눅 들어 고개를 가로저었다.

"친해져라. 그들의 신임을 얻으란 말이야. 그럼 다음 임무를 줄 테니."

인경의 얼굴이 울상으로 변했지만, 입은 앙다물려 있었다. 나라도 할 말이 없을 것 같았다. 괜히 더 말을 꺼냈다가는 오히려 혹을 붙일 것 같았다.

"그럼 가볼게요. 교장 선생님."

나는 교실로 돌아가려고 인경에게 팔짱을 끼고는 고개를 숙여 인사했다. 막 뒤돌아서려는 그때 교장 선생님의 중저음이 들렸다.

"장소린 학생은 잠시 기다리지."

"네?"

교장 선생님이 불타는 눈으로 인경을 바라봤다. 인경이 나를 보고 말했다.

"교무실에 먼저 가 있을게."

교무실로 가면 외계인반 담임 선생님이 우리를 외계인반 교실로 데려갈 것이다. 인경이 나가자 교장 선생님이 물었다.

"꼭두새벽부터 너희 어머니에게 연락이 왔었다."

그럼 그렇지! 엄마가 나더러는 참으라고 했지만 결국 나를 위해 항의해 준 것이다. 나만 남으라고 한 걸 보면, 어쩌면 나는 외계인반으로 가는 것이 취소됐는지도 모를 일이다. 엄마가 미웠는데 조금은 미움이 누그러지는 마음이 생겼다.

"그럼 저는 외계인반으로 안 가나요?"

"후후. 왜 안 가? 거기에 어울리기로는 우리 학교에서 네가 제일 제격인데."

"엄마가 전화했다면서요?"

교장 선생님은 이상야릇한 표정을 지었다.

"어머니는 네가 외계인반으로 가는 것에 반대하지 않았어. 단, 비밀 엄수에 대해 다짐받았지."

"네?"

헉, 충격적인 사실이다. 잠시 다리가 풀릴뻔했다. 엄마가 정말 찬성했다고? 그런데 비밀 엄수는 뭐지?

"장소린 학생은 내가 왜 하필 너를 외계인반으로 보내는지 모르나?"

무슨 뜬금없는 소리지?

"성적이 낮아서요?"

"정말 모르는군. 너보다 성적이 낮은 학생도 많아."

"그럼 이유가 뭐예요? 그리고 엄마가 말한 비밀 엄수는 또 뭐예요?"

교장 선생님은 두꺼운 뿔테 안경 속 눈으로 나를 째려봤다. 나는 그 눈빛만으로도 어깨가 움츠러들었다.

"소린 학생은 내가 혼합반 편성을 지지하는 것 같나?"

교장 선생님이 혼합반 편성을 원하기 때문에 학교에서 실시하는 것이 아닌가? 나의 표정을 본 교장 선생님이 이런 마음을 알아챘는지 말을 이었다. 교장 선생님은 얼굴을 내게 가까이 한 채 속삭였다.

"난 외계인이 정말 싫어."

교장 선생님은 뒷짐을 지고 책상 모서리를 돌아 의자 쪽으로 걸어갔다. 그리고 무척 편해 보이는 커다란 의자에 앉았다. 책상 윗면은 컴퓨터 화면이었다. 거기에 지구인반과 외계인반 학생들의 분포도가 보였다. 교장 선생님이 가상 키보드를 누르자, 외계인반은 사라지고 지구인반 학생만 남는 분포로 변했다.

"이 우주 도시에는 지구인만 있어야 한다고 생각하지 않니?"

"무슨 말씀인지 모르겠어요."

"가봐라. 오늘 집에 가면 네 어머니가 모든 답을 줄 것이야."

교장 선생님의 말을 이해할 수 없었다. 하지만 지금은 그게 문제가 아니었다. 당장 인경이랑 둘이 외계인반으로 들어가야 했다.

교무실에 갔더니 인경이 탁자 한쪽에 걸터앉아 있었다. 인경이 반색하며 다가왔다.

"휴~. 다행이다. 나만 가는 줄 알았지 뭐야."

그때 종이 울렸다. 외계인반 담임 선생님인 손현구 선생님이 자리에서 일어섰다. 왜소하고 조용한 성격의 지구인 선생님이다. 교장 선생님께 밉보여서 외계인반 담임 선생님으로 정해졌다는 소문이 있었다. 손현구 선생님은 별말 없이 둘의 얼굴을 한번 보더니 문을 나섰다.

"가자."

손현구 선생님을 따라 외계인반 교실로 들어갔다. 키 작은 아이들이 앉아있어서 마치 초등학교 교실에 들어온 것처럼 느껴졌다. 진한 풀 냄새가 콧속을 파고들었다. 옆의 인경은 노골적 표정을 지으며 코를 막았다. 외계인 아이들에게 앞으로 적이 되자고 신호를 보내는 것이나 마찬가지였다. 나는 인경의 옆구리를 쿡 찔렀다.

"너희들도 알다시피 오늘부터 우리 반에서 공부할 장소린과 최인경이다. 더는 말하지 않겠다. 제4 도시에서 같이 공존하려면 같은 공간에서 살아가는 것이 맞다."

외계인 아이들이 눈을 동그랗게 뜨고 우리를 보고 있었다. 적개심을 보이는 아이들도 있었지만, 대부분이 무표정이었다. 무슨 생각을 하는지 도저히 알 수 없어 더 싫었다. 손현구 선생님이 뒤쪽 창가를 가리켰다.

"들어가라. 저기 맨 뒤에 두 자리가 너희 자리다."

우리는 외계인 아이들 사이를 지나 맨 뒷자리로 왔다. 인경이 불쾌한 표정으로 내 귀에 대고 말했다.

"냄새 때문에 죽겠어. 내가 창가에 앉을게."

"그래."

인경이 창문 옆 버튼을 눌렀다. '찌잉' 소리를 내며 창문이 열렸다. 우주 도시는 언제나 기온이 이십오 도로 맞춰져 있다. 신선한 바람이 들어왔다.

인경은 투덜거렸지만, 수업을 시작하자마자 언제나처럼 고개를 파묻고 잠을 잤다. 외계인 아이들은 모두 모범생처럼 허리를 세우고 공부했다. 나도 질세라 책상을 터치해서 전자 교과서를 펼쳤다. 하지만 평소 하지 않던 공부가 한순간에 될 리가 없었다. 나 역시 졸다 깨며 하루를 버텨냈다.

그렇게 혼합반에서의 지옥 같은 첫날이 끝났다. 몇몇 외계인 아이들이 흘끗흘끗 우리를 쳐다보기는 했지만, 특별히 접근하는 아이들은 없었다. 나는 인경을 흔들어 깨웠다.

“싫다며 잘도 잔다. 오늘 수업 끝났어.”

인경은 입가에 묻은 침을 닦았다.

“그러니까 더 자는 거야. 오늘은 스트레스 받았으니 매운 음식을 먹자. VR 마라탕 가자. 어때?”

우주 도시의 음식은 공장에서 인공 합성하는 통조림뿐이다. 고무 같은 덩어리가 들어있는 통조림 죽은 영양학적으로 완벽하다고 하지만, 우리는 이런 음식을 원하는 것이 아니다. VR 음식점은 통조림을 먹는 동안, 나노 로봇으로 중추신경계를 조절해 뇌에서는 다른 특정 음식을 먹는 것처럼 느끼게 해주는 곳이다. 과학자들은 VR 음식을 조심하라고 했다. 뇌가 속아 몸이 실제로 그 음식을 먹은 것처럼 반응한다고 했다. 그래도 마라탕을 먹고 싶지만, 오늘은 엄마와 할 얘기가 있다.

“오늘은 집에 가야 해.”

“왜? 기분 나쁜 냄새를 VR 마라탕으로 잡아야지.”

아침에 교장 선생님은 내가 외계인반으로 온 이유를 엄마가 알려줄 거라고 했다. 그리고 비밀 엄수라는 이상한 말도 했다.

"엄마랑 담판 지을 게 있어."

3

집 안에 들어서니 엄마가 식탁 의자에 앉아있었다. 원래 엄마는 일이 끝나고 일곱 시에나 집으로 돌아온다. 벌써 와있는 걸 보면 아침에 교장실에서 있었던 일에 대해 할 말이 있는 게 아닐까.

엄마는 말이 없었지만, 심각한 표정에서 뭔가 폭풍이 예상되었다. 나는 가방을 바닥에 두고 식탁 의자를 하나 빼서 자리에 앉았다. 엄마는 무슨 말을 하려다가 하지 못하고 정수기에 컵을 가져가 얼음이 가득한 물을 따라 마셨다.

결국 내가 먼저 말을 꺼냈다.

"엄마, 그러지 말고 속 시원히 말해."

"…… 이 세상에는 바꿀 수 없는 게 있단다."

"교장 선생님도 엄마도 왜 자꾸 뜬구름 잡는 소리만 해?"

"예를 들면 가족 같은 거지."

나는 엄마의 얼굴을 바라봤다. 도대체 무슨 말을 하려는 건지 답답했다. 엄마가 이어서 말했다.

"오늘 교장 선생님께 전화한 것은 비밀 엄수 조건을 상기시키기 위한 거였어."

"그러니까 그 비밀이란 게 뭐냐고!"

엄마는 물컵을 들어 급하게 마셨다. 얼음을 입에 물었는지 와그작 하고 얼음 깨는 소리가 들렸다.

"넌 휴머린이야."

갑자기 제4 도시가 뒤집히는 느낌을 받았다. 이는 상대적 느낌일 뿐 실제로는 내가 의자에서 미끄러져 바닥으로 떨어진 것이다. 정말 온몸의 힘이 빠져나간 느낌이었다.

엄마는 놀라 커다랗게 변한 눈으로 다가와 나의 팔을 잡았다. 난 움직일 수 없었다.

휴머린, 휴머린은 지구인과 외계인 사이에서 태어난 사람이다. 엄마는 지구인이다. 그렇다면 아빠가 외계인이었던 것이다! 어쩐지 나 어렸을 적 사진에도 아빠는 없더라니…….

엄마는 나를 부축해 침대에 눕혔다. 눈을 뜨고 있었지만, 엄마는 계속 뭐라고 말했지만, 엄마가 하는 말을 전혀 들을 수 없었다. 이제 어쩌지?

아, 교장 선생님은 내가 휴머린인 것을 알고 있었던 거야. 그래서 혼합반에 넣은 거지. 이 사실을 인경이한테 말하면 나를 이해해 줄까?

볼이 뜨겁다. 눈물이 흐른다. 왜 내가 이런 시련을 겪어야 하는지, 얼굴도 모르는 외계인 아빠가 원망스럽다.

다른 외계인 학생들은 나를 외계인으로 생각해 줄까? 그냥 황폐한 지구로 내려가 시한부 인생을 살까?

생각에 생각이 맞물리다가 어느 순간 잠에 빠져들었다.

"소린아, 일어나. 학교 가야지."

아침이 되자 엄마가 나를 깨웠다. 이런 상황에서도 학교에 가라는 엄마가 야속했다. 대답하지 않았지만, 엄마는 계속 말을 걸었다. 나는 이불을 와락 차내며 몸을 일으켰다.

"아! 좀! 내 감정도 좀 생각해 줘! 난 이제 지구인도 아니고 외계인도 아니야. 누구도 아니라고."

무단결석 삼 일은 지구로 추방할 사유가 된다. 우주 도시에서 게으름은 용납되지 않는다.

"소린아, 엄마를 믿니?"

"그게 도대체 무슨 말이야?"

"엄마는 외계인 아빠랑 사랑에 빠져 결혼한 것을 후회 안 해. 외계인은 절대 나쁘지 않아. 지구인과 다를 게 없는 사람이야."

엄마는 지구인이니까 그렇게 말할 수 있겠지. 난 휴머린이라고.

"엄마, 그냥 지구로 가면 안 돼?"

지구로 가자는 건 말도 안 되는 소리다. 오염된 지구로 내려가면 시한부 인생이 시작되기 때문이다. 엄마는 나를 걱정스러운 눈빛으로 바라보았다.

"네가 원한다면 그렇게 할 수도 있어. 하지만 학교에 한번 가보지 않을래? 지금은 지구인과 외계인의 사이가 원만하지 못하지만……. 우리는 공존할 수 있어."

"엄마, 나 오늘 하루만 쉴게."

엄마는 내 손을 잡아주었다.

"그래. 그리고 말이야. 넌 지구인도 외계인도 아닌 사람이 아니야. 지구인도 외계인도 될 수 있는 사람이야."

엄마는 회사에 갔다. 회사에 가지 않으면 지구로 추방되니 어쩔 수 없지. 나는 자리에 누워 다시 상념의 세계로 들어갔다.

시간이 지나자, 분노도 잦아들었다. 아빠는 누구일까, 어떤 사람일까 궁금했다. 엄마와 아빠는 서로 진심으로 사랑했을 것이다. 난 학교에 가기로 마음먹었다.

다음 날 학교에서 인경이 내 등을 마구 때렸다.

"이년아 어제 나 혼자 죽을뻔했다고."

"쳇, 잠만 잤을 거면서."

교실에 들어가자, 진한 풀 냄새가 났다. 외계인 아이들이 교실에 들어서는 우리 둘을 바라보았다. 인경은 내가 있어 힘이 나는지 교실 허공에다 대고 크게 외쳤다.

"냄새나는 것들아, 구경났냐?"

외계인 아이들 대부분이 고개를 돌려 자기 할 일을 했다. 우리는 자리로 와서 앉았다. 그때 한 외계인 남학생이 다가왔다. 이 반의 반장이었다. 이름이 뮤언이던가?

"지구인들은 평등을 외치면서, 항상 그렇게 남을 비꼬는 게 잘하는 일이냐?"

"얘, 뭐래. 땅꼬마가."

인경이 자리를 박차고 일어났다. 남자지만, 왜소한 외계인들에게는 겁먹지 않는 것 같았다.

"너희 지구인들은 원래 그래. 자신과 다르면 차별하고 비난하지. 하지만 우리들 입장에서 보면 너희는 그저 폭력에 굶주린 동물일 뿐이야."

"동물? 이게 죽으려고."

인경이 손을 들었는데, 내가 본능적으로 그 손을 잡았다.

"인경아 그만해."

인경은 씩씩거리며 뮤언에게 소리쳤다.

"땅꼬마는 꺼져!"

나는 감정이 격해진 인경을 말리고 몸을 돌려 인경을 등지고 섰다. 나라도 평화를 찾자는 마음으로 뮤언에게 입 모양으로 '미안해'라고 말했다. 뮤언은 나를 몇 초간 바라보더니 자기 자리로 돌아갔다.

수업이 시작되자 인경은 다시 잠의 세계로 빠져들어 갔다. 참 속 편해서 좋겠다. 난 외계인 아이들이 공부하는 모습을 관찰했다. 첫날엔 모두 똑같은 모습으로 공부하는 것처럼 보였는데, 오늘 보니 눈을 감고 조는 아이도 있고, 책상 패드에 교과서 대신 그림판을 열어 그림을 그리는 아이도 있었다. 전자

만화책을 펼쳐 놓고 선생님의 눈치를 보며 킥킥거리는 아이도 있었다. 지구인 학생들과 다를 것이 없었다.

내가 휴머린이라는 것을 알게 돼서 그런지 진한 풀 냄새도 나쁘지 않았다. 아침 일찍 깊은 숲속에 들어온 것처럼 자연의 냄새가 났다.

이런저런 생각으로 시간을 보내다가 물리 선생님의 묵직한 목소리를 들었다. 물리 선생님은 외계인이었다.

"물리 법칙과 원리를 항상 동영상과 이론 수업으로만 배웠는데 그건 실제로 도움이 안 된다. 그래서 너희들이 직접 실험을 설계하고 수행하는 평가를 마련했다. 이번 물리 실험은 네 명이 한 조가 되어 실시한다."

모둠 수업! 반쯤 졸고 있던 나의 머리에서 번개가 번쩍하고 쳤다. 네 명이 한 조라면 외계인과 같은 조가 되어야 한다. 나는 즉시 자는 인경을 깨웠다. 인경의 입가에 침이 흘렀다.

"음……. 왜 그래?"

"정신 차려, 모둠 수업을 해야 한대."

물리 선생님이 우리를 보고 있었다. 외계인 선생님은 가는 금테 안경을 고쳐 썼다.

"이번 실험 결과는 최종 성적에 반영될 것이며, 육십 점 미만은 과락으로 점수를 못 받을 줄 알아라."

물리 선생님은 지구인을 특히 싫어한다고 했다. 아마 이번 모둠 수업도 나와 인경을 골탕 먹이기 위해 준비했을 것이다. 정신을 차린 인경도 사태의 심각성을 느낀 것 같았다. 인경이 자리에서 벌떡 일어섰다.

"이건 불공평해요. 소수만 있는 저희를 차별하는 것이라고요."

물리 선생님이 얼굴을 찌푸렸다.

"혼합반 실시로 지구인 교실에 간 외계인 학생들은 욕먹고, 외면받고 심지어 맞기도 했다는데 너희도 그런 일을 당하니?"

선생님은 외계인 학생들이 더욱 차별받는다는 것을 강조해 말했다.

"그, 그게 아니라 이런 평가는 저희를 차별하는 거라고요."

"난 지구인반에서도 똑같은 평가를 한다. 도대체 뭐가 차별이지?"

"저, 전 꼴등 하면 황폐해진 지구로 가야 한다고요."

"그건 당연한 거야. 제4 도시 인구가 포화했으니, 원활한 운영을 위해서는 무능한 인간이 빠져야 한다. 그건 대한민국 헌법에 적혀있잖니. 네 능력을 탓해야 하지 않겠니?"

인경은 꽉 쥔 주먹을 부르르 떨었다.

"아무튼요! 누가 우리와 한 모둠을 하겠냐고요?"

"너희가 잘했다면 친구가 있겠지."

그때 수업 마치는 종이 울렸다. 인경은 자리에 털썩 주저앉았다.

"인경아, 너무 걱정하지 마. 다른 조가 정해진 뒤 남은 두 명이랑 자연스레 한 팀이 될 수 있을 거야."

"그래봤자 걔네 중에 꼴등일 텐데 퍽 좋은 성적을 받겠다."

틀린 말은 아니다. 그런데 모든 수업을 마치고 종례가 끝났을 때, 뮤언이 우리에게 다가왔다. 옆에는 또 다른 남학생이 생글생글 웃고 있었다. 외계인 중에는 키가 큰 편이라 나와 거의 맞먹었다.

"물리 실험 우리랑 같은 모둠 할래?"

뮤언은 반장이고 이 반에서 공부를 가장 잘하는 아이였다. 인경이 가방을 자리에 탁 소리가 나게 내려놓았다.

"불쌍한 지구인에게 적선한다는 마음이라면 필요 없어!"

"필요 없다면 갈게. 가자, 타우언."

유언이 돌아서려는 그때 내가 그를 불렀다.

"좋아. 먼저 찾아와 줘서 고마워."

내 말에 인경의 눈이 커졌다.

"너 왜 그래?"

"인경이 너야말로 정말 지구로 가고 싶은 거야? 초미세플라스틱 섞인 물 마시면 어떻게 되는지 알지?"

"그, 그건……."

유언의 옆에 서있던 타우언이라는 남학생이 작은 입을 벌리며 활짝 웃었다.

"난 타우언이야. 잘해보자."

타우언이 손을 내밀었고, 나는 그 손을 잡고 흔들었다. 타우언은 인경에게도 손을 내밀었지만, 인경은 자존심이 상하는지 그 손을 그저 살짝 칠 뿐이었다.

"잘해보자. 인경, 소린."

유언이 굵은 목소리를 냈다.

"너희 절대 공짜 버스 탈 생각은 하지 마. 타우언은 인류 복지사가 꿈이라서 너희가 그래도 함께할지 모르지만, 난 아니야. 난 최고의 물리학자가 되는 게 꿈이라고!"

"웃기고 있네. 그럼, 아야!"

인경이 더 말하기 전에 나는 인경의 옆구리를 세게 꼬집었다. 그러고는 얼른 헤헤 웃으면 말했다.

"좋아, 좋아. 열심히 할게. 시켜만 줘."

뮤언이 돌아서 걸어가자, 타우언이 손을 흔들며 따라갔다. 나도 손을 흔들어주었다.

"소린아. 너 외계인 편이 된 건 아니지?"

"니 편 내 편이 어딨어? 우리는 이 우주에서 대화가 통하는 유일한 지적인 생명체라고. 어른들의 말처럼 힘을 합치면 새로운 도시를 만들 수도 있어."

인경이 고개를 가로저었다.

"저들이 퍽이나 힘을 합치겠다."

"너 교장 선생님 말 안 들었어? 공부를 못할 거면 친해지라고 했잖아."

"아 몰라, 몰라. 외계인 냄새가 도통 적응이 되지 않는단 말이야."

외계인보다 지구인이 상대에게 더 큰 적대감을 가지고 있다. 어쩌면 휴머린인 내가 그런 둘 사이의 가교 역할을 할 수 있을

지도 모른다.

"인경아, 오늘 VR 마라탕 먹을까?"

"그래, 가자. 먹자. 비록 뇌가 속는 거라지만 매운 맛으로 스트레스를 날려버리자."

4

물리 실험은 위치에너지가 운동에너지로 전환되는 것을 증명하는 실험이었다. 뮤언은 정말 공부를 잘하는지, 우리가 도통 알 수 없는 장치를 만들었다. 스탠드에 쇠구슬을 실로 매달아 진자를 만든 것이다. 뮤언이 쇠구슬을 들었다 놓으니, 실에 매달린 진자가 흔들렸다.

"중학교에서 배운 역학적에너지 보존법칙 모두 기억하지?"

나와 인경은 서로 눈을 마주쳤다. 들어본 것 같은데 머릿속에는 아무것도 없었다. 이를 눈치챈 뮤언이 차근차근 설명했다.

"역학적에너지 보존법칙은 물체가 운동할 때, 위치에너지와 운동에너지의 합은 어디서든 같다는 법칙이야. 보존된다는 것이지."

그리고 종이에 쓱쓱 기록했다.

역학적에너지 = 위치에너지 + 운동에너지

인경은 그제야 중학교에서 배운 것이 기억났는지 손가락을 튕기며 말했다.

"위치에너지 공식은 mgh야."

"운동에너지 공식은 $\frac{1}{2}mv^2$이고."

나도 재빨리 대답했다.

"좋아, 진자의 쇠구슬을 내가 잡고 있어. 그러면 움직이지 않으니까, 운동에너지가 0이고, 위치에너지만 있어. 그리고 쇠구슬이 최저점을 지날 때는 높이가 없으니, 위치에너지는 0이고 운동에너지만 있어. 모두 오케이?"

뮤언은 우리에게 천천히 설명했다. 하지만 머릿속이 점점 복잡해질 뿐이었다.

"그러니까 역학적에너지 보존법칙에 따라 최고점의 역학적에너지는 위치에너지뿐이고, 이는 최저점에서의 운동에너지와 같으니까 최고점의 위치에너지가 모두 최저점의 운동에너지로 전환된 것을 확인할 수 있는 거야."

뮤언이 쇠구슬을 놓았고, 타우언이 고개를 끄덕이면서 왔다 갔다 움직이는 쇠구슬을 보았다.

"그럼 쇠구슬을 놓는 높이를 재면 위치에너지를 알 수 있고, 최저점에서의 속도만 측정하면 운동에너지도 구할 수 있다는 거지?"

"정답!"

"하지만 진자의 주기가 짧아서 속도의 측정이 어렵겠어."

"그럼 실을 길게 하자. 실이 길면 진동 주기도 길어져. 지구인들이 좀 나서줄래?"

스탠드를 높였더니 키가 작은 뮤언과 타우언은 실을 매달 수 없었다. 나 역시 마찬가지였다. 가장 키가 큰 인경이 실을 받아 손을 들어 위치를 가늠했다.

"여기?"

인경이 코맹맹이 소리를 냈다. 양쪽 콧구멍을 솜으로 틀어막고, 그 위에 마스크까지 꼈기 때문이다. 외계인들 냄새 때문에 못 참겠다고 한 조치였다.

"거기는 스탠드에 부딪힐 수도 있으니 조금 바깥쪽으로 이동해 줘."

"여기?"

"그래, 거기."

실을 매달고 인경이 쇠구슬을 놓았다. 아까보다 더 천천히 움직였다. 뮤언 말로는 진자의 주기는 실의 길이에 영향을 받는다고 했다. 타우언이 스마트 글라스로 구슬의 속도를 측정했다.

뮤언과 타우언은 수치를 가지고 계산에 들어갔다. 어려운 계산에 낄 수 없는 나와 인경은 진자운동을 하는 쇠구슬을 가지고 놀았다.

"인경아, 외계인 냄새 맡다 보면 적응이 돼. 한번 맡아봐."

"으, 난 전혀. 마늘과 쑥이 섞인 냄새에는 절대 적응하지 못할 거야."

"비록 VR이지만 우리 마라탕 처음 먹었을 때, 향기가 이상했잖아. 자꾸 먹다 보니 맛있어졌고."

"넌 괜찮다는 거야?"

"응, 아침의 숲속 냄새가 나."

"거짓말."

거짓말이 아니다. 이제 외계인 냄새를 맡으면 기분이 좋다. 숲속의 아침 냄새 덕에 학교에 오면 오히려 머리가 맑아졌다.

"지구인과 외계인 혼합반을 늘리면 어떨까? 완전 혼합반 말이야."

"소린이 너, 밖에서 그런 소리 절대 하지 마라. 그러다 지구인에게 왕따당해. 안 그래도 외계인반에 다닌다고 원래 놀던 친구들이랑 서먹해졌는걸."

"황폐해진 지구를 떠날 때는 지구인과 외계인이 힘을 합쳤다잖아. 그때로 돌아갈 수 없을까?"

"쟤들 좀 봐. 우리가 공부 못한다고 지들끼리만 계산하고 있잖아."

하지만 복잡한 물리 공식은 같이 하라고 해도 몰라서 할 수 없다. 인경의 말을 들었는지 뮤언과 타우언이 다가왔다. 뮤언이 고개를 흔들었다.

"스마트 글라스로 측정한 최저점의 속도가 틀렸나 봐. 계산이 맞지 않아."

"너희만 알지 말고 우리도 알려주길 바라. 그래야 우리도 발표할 때 멍하니 있지 않을 거 아니야?"

인경이 날카로운 목소리를 냈다.

"실험이 실패야. 완성되면 그때 찬찬히 알려줄게."

뮤언이 사정을 설명했지만, 인경은 부아가 치미는지 쇠구슬을 들었다 놓았다. 그러고는 진자운동 하는 쇠구슬 근처로 가위를 가져갔다. 뮤언의 눈이 커졌다.

"너 뭐 해?"

"진자의 실을 잘라버릴 거야. 너희들만 잘났냐? 우리 안 알려주면 너희도 실험 못 할 줄 알아."

"안 돼! 실험을 망치지 마."

인경은 마스크를 벗고는 혀를 날름 내밀었다. 그리고 아래로 내려오는 쇠구슬 위쪽에 연결된 실을 잘랐다. 쇠구슬은 관성을 못 이기고 앞으로 튀어 나가더니 바닥에 떨어져 또르르 굴러갔다. 뮤언의 눈이 불같이 빛났다. 나는 서둘러 쇠구슬을 주워 왔다.

"미안, 미안. 실은 다시 매달면 되지? 인경아 어서 사과해."

뮤언의 눈빛은 줄어들 기색이 없었다. 인경도 뮤언의 강렬한 눈빛에 미안한지 머리를 긁적였다.

"미안. 하지만 쇠구슬을 매달 실은 많잖아. 우리도 가르쳐 주면서 하라고."

유언은 의자를 빼서 자리에 앉았다. 나에게 받은 구슬을 불 같은 눈으로 노려봤다. 유언의 이상한 행동에 타우언도 다가왔다.

"유언, 왜 그래?"

"알아냈어. 정확한 속도를 측정할 방법을 알아냈다고."

"무슨 소리야?"

"인경이 가위로 자른 것처럼 진자가 내려오는 최저점에 칼날을 설치해서 실을 자르는 거야. 실이 잘리면서 쇠구슬이 수평으로 날아갔잖아? 쇠구슬이 날아간 거리를 측정하면 등속 운동으로 최저점에서 속도를 계산할 수 있어."

"아, 그렇네. 더 완벽한 실험이 됐어. 이거라면 우리가 일 등할 거야."

5

작은 키에 머리가 큰 물리 선생님이 팔짱을 끼고 우리 모둠의 발표를 듣고 있다. 나는 신나서 말했다.

"그러니까 역학적에너지 보존법칙에 따라 쇠구슬이 최저점에 도달했을 때, 최저점의 위치에너지는 0이고, 운동에너지는 공식에 따라 $\frac{1}{2}mv^2$이 됩니다. 하지만 이 값을 구하기 위해 속도를 직접 측정하는 것은 오차가 있어서 우리는 또 다른 운동에서 속도를 구했습니다."

내가 말을 마친 뒤, 인경이 앞으로 나왔다.

"최저점에 도달한 진자의 실이 칼날에 의해 잘려 쇠구슬이 수평으로 날아가면, 쇠구슬은 수평 방향으로 등속운동 합니다. 그러므로 쇠구슬이 날아간 거리를 측정하면 거리는 속도에 쇠구슬이 날아간 시간을 곱한 값이므로, 쇠구슬이 떨어진 시간을 구하면 속도가 나옵니다."

물리 선생님이 안경을 고쳐 썼다.

"시간은 초시계로 재는가? 그것이 더 오차가 있을 텐데?"

"그건 자유낙하 공식인 $t=\sqrt{\frac{2h}{g}}$에 대입합니다."

우리가 이해하지 못한 내용은 뮤언이 나서서 대답했다.

"음, 더는 반박할 여지가 없는 창의성이군. 두 실험을 합쳐서 하나의 결론에 도달했어. 이렇게 뛰어난 아이디어는 뮤언 학생의 머리에서 나왔겠지?"

유언이 생각해 낸 것이 맞다. 물론 인경의 심술이 없었다면 나오지 않았을지 모르지만 말이다.

"선생님, 직접적인 아이디어는 최인경 학생의 머리에서 나왔습니다."

물리 선생님이 인경을 보았다. 인경은 손가락으로 자기 머리를 톡톡 쳤다. 자기 머리로 생각했다는 표현일 것이다. 잠시 후 선생님의 의심하는 눈빛이 풀어졌다.

"음, 악의 기운이 처음보다 많이 줄었군."

저 말뜻을 이제는 안다. 지구인이 외계인에게서 나는 냄새를 맡는 것처럼 외계인은 지구인의 악의를 피부 세포로 느꼈다. 외계인들은 지구인들의 악의를 온몸으로 느끼며 살고 있다. 그러니 지구인에게 좋은 감정을 느낄 리 만무했다. 물리 선생님은 학생들을 돌아보았다.

"이 모둠에 일 등을 주는 것에 이의 있는 학생 있나?"

최고의 실험이라 아무도 반박할 수 없을 것이다. 외계인 학생들은 손뼉을 쳤다. 우리는 즐거운 마음으로 인사했다. 이번 물리 실험 덕분에 우리는 혼합반에 잘 녹아들고 있었다.

자리로 돌아오자, 인경이 내게 속삭였다.

"일 등 기념으로 파셀 먹으러 갈까?"

파셀은 외계인 음식이다. 채소도 고기도 아닌 데다 씹는 맛도 형편없는 음식이다. 하지만 외계인들은 공장에서 인공 합성하는 음식이 아닌 진짜 음식을 만들었다. 외계인들에게서 나는 냄새는 아마 이 음식 때문인 것 같았다.

"너 처음엔 기겁했잖아."

"이 언니가 처음에만 그렇지, 한 적응하잖냐. 그리고 공장에서 인공으로 합성된 음식보다는 낫잖아."

"하긴 자꾸 먹으니까 나도 가끔 생각나."

저쪽 멀리서 타우언이 손을 흔들었다. 인경이 타우언에게 윙크했다. 타우언은 외계인 중에 키가 큰 편이다. 나와 맞먹으니까 인경이랑은 십 센티 정도 차이가 난다. 가만 보니 둘 사이에 뭔가 있는 눈치다. 아빠 엄마도 이렇게 시작했겠지?

뮤언과 타우언, 나와 인경 이렇게 넷이 현관을 나서는데 갑자기 악의가 느껴졌다. 피부의 모든 털이 곤두서는 느낌이었다. 앞에서 교장 선생님이 불타는 듯한 눈빛으로 우리를 보고 있었다.

"아, 안녕하세요."

다 같이 인사를 했지만, 교장 선생님은 나만 째려봤다.

"장소린 학생은 나 좀 보자."

"왜, 왜요?"

"교장실에서 보자. 너희는 갈 길 가고. 장소린은 오늘 너희랑 못 놀 거야."

도대체 무슨 일일까? 교장 선생님의 거대한 뒷모습을 보며 나는 복도를 따라 걷다가 교장실로 들어갔다. 교장 선생님은 한쪽에 있는 기계에서 커피를 내렸다. 컵을 들어 커피 향을 맡고는 한 모금 마신 뒤 내려놨다.

"이 커피 말이야. 진짜 커피란다. 한 잔에 백만 원쯤 하지. 에너지! 에너지만 충분히 있다면 우주 도시에서도 지구에서 먹던 음식을 얼마든지 먹을 수 있어."

우주 도시의 에너지원은 태양이다. 태양에서 오는 에너지의 대부분이 우주 도시의 공기와 물을 정화하고 온도를 조절하는 데 쓰인다. 먹는 음식도 공장에서 인공적으로 합성한다. 그러고 남은 극소량의 에너지로 작물을 키운다는 소리를 들었다.

"교장 선생님 돈 많으신가 봐요?"

"후후."

교장 선생님은 커피를 다시 음미하면서 마시고는 잔을 내려놨다.

"외계인과 잘 지내고 있군. 물리 실험에서 일 등을 했다고?"

"이게 우주 도시의 헌법 제1조니까요. 그리고 교장 선생님도 외계인들과 친해지라고 했잖아요."

교장 선생님은 내 대답이 웃기는지 이빨을 보이며 웃었다.

"만약에 종족 간 전쟁이 난다면 넌 지구인 편이냐? 외계인 편이냐?"

내가 휴머린인 것을 알고 정체성을 묻는 말이다.

"니 편 내 편이 어딨어요? 모두 우주의 인류죠."

"휴머린의 외모는 지구인에 가깝지. 하지만 어른이 될수록 외계인처럼 변한다고 하더군. 어느 휴머린이 자신의 출생을 비밀로 하고 지구인들의 약점을 빼내 외계인에게 제공한 적이 있었지."

교장 선생님의 몸에서 뿜어져 나오는 악의가 점점 강해졌다. 나는 언젠가부터 외계인처럼 악의를 피부로 느낄 수 있었다. 나에게도 슬슬 적의를 감지하는 능력이 생기기 시작한 것이다.

"저들은 뭔가 꿍꿍이를 가지고 있어. 절대 믿으면 안 돼!"

하지만 나는 온몸의 느낌대로 외계인들을 믿고 싶었다. 오히려 교장 선생님의 악의를 더는 느끼기 싫었다.

"교장 선생님은 왜 외계인을 싫어하세요? 저들은 인간처럼 악의를 가지고 있지 않다고요."

"악의? 인간의 악의보다 더 무서운 것을 가르쳐 주지. 저들은 반물질을 다루는 기술이 있어. 소린 학생은 반물질이 뭔지 아는가?"

반물질이란 말은 처음 듣는 소리다. 나는 고개를 좌우로 흔들었다.

"반물질이란 반대되는 물질이야. 예를 들면 전자의 반대되는 물질로는 양전자가 있지. 반물질을 다룬다는 것은 대단한 거야. 물질에 반물질을 더하면 쌍소멸이 일어나며 막대한 에너지가 발생하기 때문이지. 핵폭탄과는 비교할 수도 없다고."

"도대체 제게 왜 그런 말을 하는 거예요?"

"더 들어봐. 지구인들이 지구에서 탈출할 때, 이렇게 커다란 우주 도시를 어떻게 지구 궤도에 올렸을까? 우리는 반물질을 발견하긴 했지만, 쌍소멸을 일으켜 막대한 에너지를 만드는 기술은 없었어. 저 외계인들은 그걸 가능하게 하는 기술은 물론, 많은 양의 반물질도 가지고 있었기에 막대한 에너지를 발생해 우주에 떠있는 공중 도시를 만들 수 있었던 거야."

"그렇다면 외계인들은 지구인에게 고마운 존재네요."

"후후. 과연 그럴까? 저들은 그런 초기술이 있으면서도 지금은 사용하지 않고 있단다. 분명히 반물질을 이용해 에너지를 생산할 줄 알면서도 기술을 쓰지 않는 거야. 음흉한 놈들이지. 반물질로 에너지를 생산하는 기술을 가르쳐 달라고 해도 지구인에게는 절대로 가르쳐 주지 않아. 그렇다면 지구인들이 저 약아빠진 놈들과 왜 공존하면서 사는 줄 알아? 저들이 반물질 폭탄으로 언제 우리 지구인을 멸종시킬지 모르기 때문이야."

교장 선생님이 외계인을 혐오하고 있는 것이 느껴졌다. 물론 많은 어른이 그렇지만 교장 선생님에게서는 특히나 더 강한 악의가 느껴졌다.

"결론이 뭐예요?"

"왜 혼합반을 만들었겠니? 왜 너희들보고 외계인과 친해지라고 했겠냐는 말이야."

"모르겠어요."

"정보를 빼내라. 반물질 기술의 정보를 빼내란 말이야. 넌 휴머린이니 더 적격인 거야. 반물질 기술만 알아내면 너는 이런 커피, 아니지 뇌가 속는 마라탕, 떡볶이가 아니라 진짜 혀로 느낄 수 있는 마라탕, 떡볶이를 먹을 수 있어."

교장 선생님은 지구인 순혈주의자다. 외계인을 혐오하는 지구인.

"거짓말! 반물질 기술을 알아내면 저들을 모두 없앨 거잖아요."

"후후. 그것도 좋은 생각이구나."

배신자도 될 수 없을뿐더러 외계인을 모두 없애는 일에 도움을 줄 수는 없다. 외계인 아이들은 순수하고 착하다.

"그럴 수 없어요!"

교장 선생님이 책상 쪽으로 가 자기 의자에 앉았다. 뒤쪽 창문에서 빛이 들어오고 있어 교장 선생님의 표정을 볼 수 없었다.

"이건 경고다. 너희가 반물질 기술의 정보를 빼내지 못하면 지구로 추방되는 것 이상의 무서운 일이 일어날 것이야. 특히, 박쥐 같은 휴머린을 혐오하는 사람도 많다는 것을 잊지 마."

6

아침에 학교 앞에서 인경을 만났다. 어제 내가 교장실에 간 뒤 뮤언도 공부한다며 먼저 갔다고 했다. 인경은 기쁜 듯 웃으며 말을 이어갔다.

"그래서 말이지. 타우언과 둘이 지구에 갔었어."

VR로 가상 지구 체험을 하러 갔다는 이야기일 것이다.

"그래서 타우언도 지구가 좋대?"

"응. 눈을 좋아했어."

난 교장 선생님의 엄포에 밤새 잠을 설쳤는데…….

"데이트도 하고 좋았겠다."

"데이트는 무슨, 그냥 좋은 감정이지. 나는 지구인이고, 타우언은 외계인이잖아."

"그게 어때서? 둘 사이에 아이도 태어나잖아."

"휴머린? 하지만 그들이 사회에서 어떤 대우를 받는지 알잖아. 지구인과 외계인 둘 모두에게 외면받잖아."

우주 도시에서 휴머린은 누구에게도 존중받지 못한다. 휴머린이 과격한 지구인에게 공격받아 죽는 사례까지 발생해, 정부는 휴머린의 개인정보를 타인에게 발설하지 못하게 하는 금지 조항까지 만들었다.

"넌 휴머린을 어떻게 생각하는데?"

"외모가 지구인과 같다잖아. 지구인도 아니면서 지구인 사이에 들어와 있는 것이 왠지 꺼려져. 지구인의 정보를 빼내서 외계인에게 갖다 줄 것 같아 기분도 나쁘고."

나는 우울해졌다. 내가 휴머린이라는 것을 알게 되면 인경은 어떻게 받아들일까?

학교에 들어가자 왠지 분위기가 이상했다. 교실에서는 타우언이 다가와 작게 속삭였다.

"담임 선생님이 휴머린이래!"

그 말을 들은 인경이 얼마나 세게 일어났는지 의자가 뒤로 날아갔다. 인경은 할 말을 잃은 듯했다. 교실의 외계인 학생 몇 명이 이쪽을 날카로운 눈으로 바라봤다. 아무래도 느낌이 안 좋다. 타우언은 걱정하는 듯 속삭였다.

"당분간은 조용히 있어."

"왜?"

"아이들의 눈빛을 봐봐."

교실을 둘러보니 평소 무시로 일관하던 아이들의 눈빛이 오늘따라 날카로워 보였다.

“담임이 휴머린인데 외계인 아이들은 왜 기분이 안 좋아?”

“휴머린은 지구인 편이잖아. 우리 외계인반 담임으로 휴머린을 배정한 건 우리들을 지구인 생각대로 세뇌하기 위한 거야.”

“그건 말도 안 되는 이야기잖아.”

나는 진심으로 발끈하며 큰 목소리를 냈다. 하지만 교장 선생님을 떠올리면 그렇게 생각할 만도 했다. 항상 외계인에게 악의를 표출하는 교장 선생님이 담임 선생님도 지명하기 때문이다.

“그런데 어떻게 담임이 휴머린인 줄 안 거야?”

“학교 안내 페이지에 올라왔어. 정보 공개라나?”

“휴머린의 개인 정보는 공개하면 안 되잖아.”

“예외가 있어. 아이들과 관련 있는 기관이나 학교에 근무하는 휴머린은 반드시 신분을 공개해야 한다는 예외 조항 말이야.”

그렇다면 학교 측에서 일부러 알린 것이다. 교장 선생님이다. 이것은 교장 선생님이 나에게 보내는 경고다. 너도 돌팔매를 맞지 않으려면 내 말을 들으라는 메시지다. 아니, 어쩌면 담임 선생님도 교장 선생님이 넣은 스파이였는데 말을 듣지 않았는지도 모르겠다.

"타우언, 일단 네 자리로 돌아가는 것이 좋겠어."

내가 이렇게 말할 때, 마침 담임 선생님이 들어왔다. 조용했던 아이들이 웅성거리기 시작했다. 담임 선생님도 분위기가 이상하다는 눈치를 챘는지 덤덤히 말했다.

"내가 휴머린인 것을 모두 알았겠지? 하지만 어제의 나와 오늘의 나는 다른 게 없다. 나는 학생들을 가르치는 선생님이야. 그러니 동요하지 말고 오늘도 열심히 공부하거라."

"거짓말."

누군가 작게 말했는데, 적막에 싸인 교실에서는 모두에게 들릴만한 소리였다.

"일부를 가지고 전부를 판단하는 오류를 범해서는 안 된다. 난 지구인과 외계인의 화합을 위해 이 반 담임을 자청했다."

담임 선생님의 솔직한 고백이었지만, 아이들의 눈빛은 변함이 없었다.

"우리는 하나가 될 수 있다. 어른들의 말처럼 서로 미워하지는 말자는 말이야."

담임 선생님은 나를 바라보았다. 그 눈빛은 왠지 내가 휴머린인 것을 알고 있는 느낌이었다. 조례를 마치고 선생님이 교실 밖으로 나가자마자 비명이 들렸다.

나는 재빨리 뒷문으로 나가보았다. 선생님은 바닥에 쓰러져 있었고, 얼굴에 복면을 쓴 남자 둘이 그 옆에 있었다. 교복을 입고 있으니 학생인 것 같았다. 그들이 선생님을 공격한 것이다.

"꺄악!"

내가 소리치자, 둘은 복도 끝으로 빠르게 사라졌다. 나는 선생님께 다가갔다. 무릎을 꿇어 선생님 머리를 내 다리에 기대게 했다.

"선생님 괜찮으세요?"

"으……."

교실마다 창문이 열리고 아이들의 얼굴이 보였다. 외계인과 지구인 학생들은 복도에 있는 나와 선생님을 바라만 볼 뿐이었다.

"소…… 소린아."

선생님의 감정이 피부 세포로 전해졌다. 선생님도 교장 선생님이 시키는 스파이짓은 하고 싶지 않았을 것이다.

"알아요. 선생님."

그때 손에 뜨거운 것이 느껴졌다. 손을 빼보니 빨간 피였다.

"누가 좀 도와줘. 선생님 머리에서 피가 나잖아."

아이들은 서로의 얼굴을 쳐다볼 뿐 아무도 나서지 않았다. 나서지 못했다고 말하는 것이 더 정확하겠다.

'우리 휴머린은 외계인과 가까이 지내면 지낼수록 사람의 감정을 읽을 수 있단다.'

"네? 선생님 뭐라고요? 뭐라고 말씀하셨어요?"

선생님은 그저 고개를 끄덕였다. 그때 갑자기 외계인 선생님들이 나타났다. 그들은 나를 선생님에게서 떼어내더니 어딘가로 신고하는 연락을 했다. 곧이어 외계인 전용 응급 드론 나타났고, 드론은 담임 선생님을 싣고 하늘 저 멀리 사라졌다.

이것이 현재 우주 도시에서 휴머린이 받는 대우이다. 이 일로 하루 종일 기분이 좋지 않았다. 나는 수업도 듣지 않고 책상에 엎드려 있었다. 인경이도 마찬가지로 엎드려 있기만 했다. 하지만 인경이의 마음이 느껴졌다. 휴머린인 선생님이 저 꼴을 당했으니, 타우언을 좋아하는 자신의 마음을 어떻게 해야 할지 혼란스러워했다. 종례 시간에는 교장 선생님이 대신 들어왔다. 교장 선생님의 악의를 느꼈는지 외계인 학생들이 모두 어깨를 움츠렸다.

"자, 사소한 해프닝이 있었지만, 너희는 그저 하던 대로 지내면 되는 거야. 혼합반의 취지대로 외계인 지구인 차별하지 말고 친하게 지내거라."

교장 선생님이 나를 보았다.

"알았냐?"

모두에게 하는 질문이 아닌, 나에게 어서 정보를 빼내라는 말이었다. 너도 담임 선생님처럼 내 명령을 듣지 않으면 가차없이 없애겠다는 경고였다.

집으로 돌아와 누워있었다. 우울한 마음이 사라지지 않았다. 엄마가 일을 마치고 들어왔다. 엄마도 소식을 들었는지, 침대에 누워있는 내 옆으로 들어와 나를 안아주었다.

"엄마, 지구인들이 휴머린을 왜 싫어하는지는 알겠어. 하지만 외계인들은 왜 휴머린을 싫어할까?"

"서로의 정보를 빼내는 사람으로 인식되어 그렇겠지. 하지만 네가 생각하는 것처럼 모두 휴머린을 싫어하지는 않을 거야."

"아빠는 어떤 사람이야?"

내가 태어나고 얼마 지나지 않았을 때 아빠가 돌아가셨다고 한다.

"착한 사람이지. 지구인의 좋은 점을 알리려고 노력했단다. 그래서 엄마와 결혼도 했고 말이야."

"어떻게 돌아가셨는데?"

"…… 너를 위해서였어."

나는 아빠에 대해 더는 묻지 않았다. 엄마의 마음이 피부 세포로 느껴졌기 때문이다. 아빠는 지구인과 외계인이 서로 혐오하지 않는 사회를 만들려고 나서서 노력했다. 하지만 이미 갈라진 사회는 그런 사람을 위험한 사람으로 생각했다. 아빠는 아빠를 위험인물로 여긴 사람들의 손에 죽은 것이다. 외계인들 사이에서도 아빠는 지구인과 결혼하여 아이까지 낳은 위험한 외계인이었을지도 모른다.

외계인들은 지구인의 악의를 피부 세포의 감각으로 느끼는데, 휴머린인 나는 악의 외에 모든 감정을 느끼기 시작했다. 낮에 휴머린인 손현구 선생님이 마음으로 전해준 말이 맞았다. 나도 휴머린의 피가 점차 드러나기 시작한 것이다.

"엄마는 내가 어떻게 살았으면 좋겠어?"

"조용히 살아야지. 휴머린의 개인 정보를 발설하는 것은 금지돼 있으니 걱정하지 마."

하지만 엄마의 진심은 이 말과 다르게 느껴졌다. 아빠처럼 내가 나가서 싸우길 바랐다. 지구인과 외계인이 어우러져 살아가는 평등한 사회를 만들어 주길 원했다.

7

나는 적극적으로 싸우기로 마음먹었다. 먼저 폭력은 나쁘다는 걸 알려야 한다. 담임 선생님을 다치게 한 범인을 잡을 것이다. 그러려면 친구가 필요하다. 나는 휴머린이라고 스스로 고백할 생각이다. 담임 선생님도 그동안 숨기고 산 것을 후회하셨을 것이다.

교실 앞으로 나가 교단에 섰다.

"얘들아! 과거에 지구인과 외계인은 힘을 합쳐 이 우주 도시를 만들었어."

외계인 친구들이 눈을 커다랗게 뜨고 내가 무슨 소리를 하는지 바라봤다. 맨 뒷자리에 앉은 인경도 나를 보며 미간을 찌푸렸다. 도대체 무슨 짓을 하려는 거냐고 묻는 것이었다. 교실의 아이들이 집중하자, 나는 계속 말을 이었다.

"우주 도시 헌법 제1조에도 서로 차별하지 말라고 쓰여있어. 우리는 서로 다르다는 이유만으로 서로를 혐오하고 미워하지. 하지만 난 외계인반 교실에서 지내는 동안 느낄 수 있었어. 우리는 공존할 수 있어. 우리 세대에서 지구인과 외계인이 서로를 돕는 시대를 만들자."

"옳소."

타우언이 일어났다. 타우언은 우리 아빠 같은 사람이다. 지구인들의 좋은 점을 찾아 외계인들에게 알리려는 아이다.

"타우언, 고마워."

인경과 타우언이 서로 마주 봤다. 서먹하던 마음이 무너졌는지, 서로를 보며 밝게 웃었다.

"너희들에게 고백할 게 있어. 난 휴머린이야."

순간 교실이 진공이 된 것처럼 조용해졌다. 인경이는 다리에 힘이 풀렸는지 의자에서 내려와 바닥으로 주저앉았고, 그 모습을 본 타우언이 달려가 부축했다.

"난 담임 선생님께 폭력을 행사한 아이를 찾을 거야. 너희의 도움이 필요해. 나를 도울 사람은 나와 같이해 줘."

교실 밖으로 나갔다. 누구든 나를 따라 나오기를 바랐다. 교실 안에서 웅성거리는 소리가 들렸지만 결국 아무도 나오지 않았다. 인경이마저 나오지 않다니 서운한 마음이 들었다. 하지만 인경이가 느꼈을 배신감도 모르는 것은 아니다.

'그렇다면 나 혼자라도 싸워야지.'

교장실로 달려갔다. 노크하고 들어가자 교장 선생님이 의외라는 눈으로 나를 보았다.

"네가 웬일이니? 반물질 기술을 벌써 알아낸 거니?"

"교장 선생님. 학교에서 폭력 사건이 일어났어요. 손현구 선생님을 공격한 학생은 잡았나요?"

교장 선생님은 책상에서 보고 있던 화면을 닫고 자리에서 일어섰다.

"복면으로 가리고 있었는데, 어떻게 잡는다는 말이냐?"

"못 잡는 거예요? 아니면 잡기 싫다는 거예요?"

"너 휴머린 선생이 다쳤을 때, 외계인 전용 드론이 온 거 봤지? 외계인들은 뭔가를 자꾸 숨기고 있어. 저들은 우리에게 위협이 되는 존재일 뿐이야."

"우리 세대는 우리 방식대로 살 거예요. 우리는 서로 도우며 공존하면서 살 거라고요."

"맹랑한 것! 너 같이 아무것도 모르는 애들이 항상 뒤통수를 맞지. 아니, 너 휴머린이라고 지구인도 외계인도 될 수 있다고 생각하는 거냐? 그건 오산이야. 너희 담임처럼 두 종족에게 모두 외면당할걸!"

"교장 선생님 같은 어른들 때문이에요. 왜 지구인과 외계인을 분리해서 서로를 혐오하게 만드는 거예요? 초등학교 때부터 같은 교실에 있었다면 서로 싫어하지도 차별하지도 않을 것 아니에요?"

"말은 잘하는군. 연설가라도 될 거냐? 그나저나 다른 친구들이 네가 휴머린인 것은 알고 있니?"

"이제 교장 선생님의 그런 협박은 통하지 않아요."

"정말 이게 그저 협박이라고 생각하니?"

"교장 선생님도 각오하세요."

피부 세포를 통해 교장 선생님의 감정이 느껴졌다. 외계인들은 위험한 존재라고 계속 생각하는 가운데, 그 가득한 악의 사이에 걱정과 두려움이 피어나기 시작했다. 내가 반기를 들어서 위협을 느낀 것이겠지. 이 정도면 성공이다. 나는 정중하게 인사하고 밖으로 나왔다. 지구인 교실로 갔다. 문을 열고 들어갔다. 떠들썩했던 교실이 순식간에 조용해졌다.

"난 손현구 선생님을 공격한 아이들을 직접 봤어! 한 명은 달팽이 문양의 신발을 신고 있었어."

교실의 아이들에게서 다양한 감정이 전해져 왔다. 이 반에는 범인이 없었다.

"우리 세대는 지구인과 외계인이 같이 살 수 있어. 외계인의 냄새는 맡다 보면 점점 좋아질 거야."

말을 마치고 교실에서 나와 옆 반으로 들어갔다.

"모두 주목! 난 손현구 선생님을 다치게 한 범인을 알아!"

교실의 아이들이 조용해졌다.

"그 범인 중 한 명은 달팽이 문양의 신발을 신고 있었어."

교실의 다양한 마음 중에서 불안함이 급속히 증가하는 사람이 있었다. 그쪽을 바라봤다. 한 남학생이 주먹을 불끈 쥐고 있었다. 그가 범인 중 한 명인 것이다. 나는 그 학생을 째려보았다.

"우주 도시 헌법 제1조에 지구인과 외계인을 차별하지 말라고 했어. 우리는 공존할 수 있다고."

남학생은 나의 눈빛을 참지 못하고는 주먹으로 책상을 내리치며 일어섰다.

"네가 뭔데 그런 소리를 해!"

많은 학생이 그쪽을 바라봤다. 일어선 학생의 신발에 저절로 눈이 갔다. 달팽이 문양이었다. 아이들이 웅성거리자, 그 남학생은 소리쳤다.

"내가 뭐? 너희들도 외계인 싫어하잖아. 게다가 그 선생님은 휴머린이라고. 분명 지구인의 정보를 빼다가 외계인에게 전달할 거야."

"사실 확인도 안 된 가짜 뉴스를 믿는 거야? 그리고 설마 그게 사실이라도 네가 선생님께 한 행동은 범죄야. 용서받을 수 없는 범죄야!"

그 아이의 심장소리가 들리는 것 같았다. 자신의 범죄에 대해 두려워하고 있었다. 저지르지 말았어야 할 일인 줄 본인도 알고 있다.

"사죄해. 그러면 용서해 주실 거야."

"너도 휴머린이잖아! 그래서 손현구 선생님 편을 드는 거 아니야?"

드디어 말했다. 내가 휴머린이라는 것을 아는 학생은 방금 내가 고백해서 알게 된 외계인반 아이들뿐이다. 외계인을 적대시하는 저 아이가 외계인과 만났을 리는 없고, 그럴 시간도 없었다. 인경이도 나를 배신하지는 않았을 것이다. 모두를 제외하면 범인은 단 한 명, 학교 관리자인 교장 선생님이다. 바로 교장 선생님이 이 아이에게 말해준 것이다. 휴머린의 개인 정보를 발설할 수 없다는 금지 조항을 어겼다. 이제 교장 선생님을 학교에서 퇴출할 수 있다.

"맞아. 나 휴머린이야. 넌 그 사실을 어떻게 알았지? 교장 선생님이 말해줬니?"

그 남학생은 마음속으로 실수했다고 생각했다.

"설마 교장 선생님이 네게 그 일을 시켰어? 휴머린 선생님을 공격하라고 한 거야?"

남학생은 모든 것을 포기했는지 자리에 주저앉았다. 그때 문 앞에서 다급한 외침이 들렸다.

"꺄! 소린아, 조심해."

인경이 목소리다. 그와 동시에 두 남학생이 우당탕거리며 쓰러졌다. 뒤에서 나를 습격하려던 남학생을 뮤언이 태클을 걸어 넘어뜨린 것이다. 하지만 외계인은 덩치에서 밀려 지구인을 이길 수 없다. 그런데 그 남학생은 더 이상 뮤언을 때릴 수 없었다. 지구인반 아이들이 뮤언을 공격하려는 그들을 잡았기 때문이다. 지구인반 학생들이 아무리 외계인을 싫어한다고 해도 범죄자들의 옆에 서지는 않았다.

인경이 달려와 내 팔짱을 꼈다.

"소린아, 괜찮아?"

인경이의 미안한 마음과 걱정이 느껴졌다.

"응. 이렇게 와줘서 고마워."

뮤언이 몸에 묻은 먼지를 털면서 일어섰다. 나는 뮤언에게 다가갔다.

"고귀하신 반장께서 여기에 웬일이야?"

"네 연설이 마음에 들었어. 우리 세대는 외계인과 지구인이 공존할 수 있을 거야."

뒤에서 타우언이 끼어들었다.

"그리고 우리는 같은 모둠이고 친구잖아."

나는 친구들의 얼굴을 보았다. 우리 세대에서는 분명히 공존할 수 있을 것 같았다.

"아무튼 고마워."

학교에 충돌한 경찰이 손현구 선생님을 공격한 아이들을 잡아갔다. 물론 교장 선생님도 같이! 그 아이들은 교장 선생님의 협박과 회유 때문에 손현구 선생님을 공격했다. 교장 선생님이 '이대로 가면 너희가 지구로 추방된다', '휴머린인 손현구 선생님을 습격하면 성적을 올려주겠다', '복면을 쓰면 아무도 잡지 못한다'며 아이들을 부추겼던 것이다.

8

제1 고교가 떠들썩했다. 오늘은 텔레비전 방송국에서 나와 촬영하고 있다. 마이크를 든 지구인 리포터가 말했다.

"저는 제4 도시 최초 완전 통합반을 실시하는 제1 고교에 나와 있습니다. 놀랍게도 이런 일을 해낸 사람은 네 명의 학생입니다. 여기 그 학생들이 나와있는데요. 한번 만나보겠습니다. 안녕하세요?"

나와 인경, 뮤언과 타우언이 고개를 숙였다.

"누가 학교를 좀 소개해 줄래요?"

아이들이 나를 앞으로 밀었다.

"저는 휴머린이에요. 지구인과 외계인 사이에 태어난 사랑의 증거죠. 우리는 다른 종족이 아닙니다. 서로 사랑하고 도울 수 있는 존재예요. 우리 학교 학생들은 그것을 깨달았고 그래서 혐오를 멈추고 서로를 알아가고자 완전 혼합반을 실시하고 있어요."

지구인 리포터가 다시 물었다.

"조금은 민감한 질문인데, 지구인은 외계인의 냄새를 싫어하고, 외계인은 지구인이 품은 악의를 느낀다고 하잖아요?"

그때 인경이 마이크에 대고 소리쳤다.

"지구인 여러분, 파셀을 먹으세요. 먹다 보면 정말 맛있답니다. 심지어 다이어트 식품이랍니다. 배는 부른데 열량이 거의 없어요. 파셀에 익숙해진다면 외계인의 냄새는 숲속의 향기로 바뀔 겁니다."

"외계인이 느끼는 지구인의 악의는 어떡하죠?"

리포터가 이번엔 마이크를 타우언에게 내밀었다.

"학생들은 깨끗해요. 악의가 없죠. 그런 말로 우리 학생들을 타락의 길로 안내하지 말아주세요."

"학생도 한 말씀 해주시죠. 전교 회장이라고요?"

뮤언은 얼마 전 전교 회장으로 당선되었다.

"제4 도시 아니 전 우주 도시 학생들에게 호소합니다. 우리 세대는 같이 공존할 수 있어요. 지구인과 외계인은 다르지 않아요. 같이 공존한다면 우리 세대는 누구나 지구로 추방되지 않아도 됩니다."

반물질에 대해서 말하는 것이다. 외계인들만, 그것도 최고의 물리학자들에게만 비밀스럽게 전해진 반물질의 비밀은 외계인의 핏속에 있었다. 다만 극소량이 있기에 사용하지 못한 것이다. 우주 도시를 지구 궤도에 띄울 때, 많은 외계인의 희생이 있었다는 것을 나중에 알았다. 휴머린에게는 지구인과 외계인의 장점이 더욱 크게 발현된다. 손현구 선생님을 외계인 전용 드론이 데려간 것은 반물질 때문이었다. 혹시 휴머린의 피에도 반물질이 있다면 비밀을 지켜야 했기 때문이다. 연구 결과, 다행히 휴머린의 핏속에는 외계인 혈액에 비해 만 배나 많은 반물질이 들어있었다. 미래에 휴머린이 많이 태어난다면 에너지 걱정 없는 세상에서 살 수 있을 것이다.

"감사합니다. 그럼 마지막으로 제1 고교의 새로운 교장 선생님을 만나보겠습니다. 새로운 교장 선생님은 특별하신 분입니다. 손현구 교장 선생님 안녕하세요?"

"네, 안녕하십니까?"

휴머린인 손현구 선생님이 제1 고교의 교장 선생님으로 지명받은 것은 혼합반 편성과 마찬가지의 의미가 있었다. 지구인과 우주인이 서로 화합하자는 메시지를 전 세계에 전하는 상징성이 있었다.

"교장 선생님 한 말씀 해주시죠."

"저는 많은 부분을 학생들의 자율에 맡기고 있답니다. 우리 학교는 학생들이 스스로 만들어가고 있어요. 이 방송을 보는 전 세계 모든 학교에 알립니다. 우리는 화합할 수 있습니다."

카메라가 새로운 교장 선생님에게 향하자, 우리 넷은 뒤로 빠져나왔다. 나는 인경의 손을 잡고, 뮤언과 타우언을 보며 말했다.

"오늘은 VR 마라탕이나 먹으러 가자."

"마라탕 살찌는데……."

"가짜인데 왜 살이 쪄?"

"뇌가 속는다잖아. 내 뱃살이 정말 나오고 있다니까?"

인경이 망설이는 걸 옆에서 보던 타우언이 손뼉을 마주쳤다.

"그럼 밥은 간단히 먹고 가상 지구 체험이나 하러 가자. 지구의 눈은 너무 시원하고 멋있어. 그렇지, 뮤언?"

"그래, 가자. 언젠가는 지구를 완전히 정화할 수도 있을 거야."

넷이 교문을 향해 달려갔다. 저 멀리 푸른 별 지구가 반짝이며 빛나고 있었다.

100년 후 학교

초판 1쇄 발행 2023년 8월 23일
초판 3쇄 발행 2024년 10월 23일

지은이 | 소향, 윤자영, 이지현, 정명섭

발행인 | 박재호
주간 | 김선경
편집팀 | 강혜진, 허지희
마케팅팀 | 김용범
총무팀 | 김명숙

디자인 | 석운디자인
일러스트 | 오이트
교정교열 | 김선례
종이 | 세종페이퍼
인쇄·제본 | 한영문화사

발행처 | 생각학교
출판신고 | 제25100-2011-000321호
주소 | 서울시 마포구 양화로 156(동교동) LG 팰리스 814호
전화 | 02-334-7932 **팩스** | 02-334-7933
전자우편 | 3347932@gmail.com

ISBN 979-11-91360-86-8 (43810)